BIOGRAFIAS — MEMÓRIAS — DIÁRIOS — CONFISSÕES
ROMANCE — CONTO — NOVELA — FOLCLORE
POESIA — HISTÓRIA

1. MINHA FORMAÇÃO — Joaquim Nabuco
2. WERTHER (Romance) — Goethe
3. O INGÊNUO — Voltaire
4. A PRINCESA DE BABILÔNIA — Voltaire
5. PAIS E FILHOS — Ivan Turgueniev
6. A VOZ DOS SINOS — Charles Dickens
7. ZADIG OU O DESTINO (História Oriental) — Voltaire
8. CÂNDIDO OU O OTIMISMO — Voltaire
9. OS FRUTOS DA TERRA — Knut Hamsun
10. FOME — Knut Hamsun
11. PAN — Knut Hamsun
12. UM VAGABUNDO TOCA EM SURDINA — Knut Hamsun
13. VITÓRIA — Knut Hamsun
14. A RAINHA DE SABÁ — Knut Hamsun
15. O BANQUETE — Mário de Andrade
16. CONTOS E NOVELAS — Voltaire
17. A MARAVILHOSA VIAGEM DE NILS HOLGERSSON — Selma Lagerlöf
18. SALAMBÔ — Gustave Flaubert
19. TAÍS — Anatole France
20. JUDAS, O OBSCURO — Thomas Hardy
21. POESIAS — Fernando Pessoa
22. POESIAS — Álvaro de Campos
23. POESIAS COMPLETAS — Mário de Andrade
24. ODES — Ricardo Reis
25. MENSAGEM — Fernando Pessoa
26. POEMAS DRAMÁTICOS — Fernando Pessoa
27. POEMAS — Alberto Caeiro
28. NOVAS POESIAS INÉDITAS & QUADRAS AO GOSTO POPULAR
    Fernando Pessoa
29. ANTROPOLOGIA — Um Espelho para o Homem — Clyde Kluckhohn
30. A BEM-AMADA — Thomas Hardy
31. A MINA MISTERIOSA — Bernardo Guimarães
32. A INSURREIÇÃO — Bernardo Guimarães
33. O BANDIDO DO RIO DAS MORTES — Bernardo Guimarães
34. POESIA COMPLETA — Cesar Vallejo
35. SÔNGORO COSONGO E OUTROS POEMAS — Nicolás Guillén
36. A MORTE DO CAIXEIRO VIAJANTE EM PEQUIM — Arthur Miller
37. CONTOS — Máximo Górki
38. NA PIOR, EM PARIS E EM LONDRES — George Orwell
39. POESIAS INÉDITAS (1919-1935) — Fernando Pessoa
40. O BAILE DAS QUATRO ARTES — Mário de Andrade
41. TÁXI E CRÔNICAS NO DIÁRIO NACIONAL — Mário de Andrade

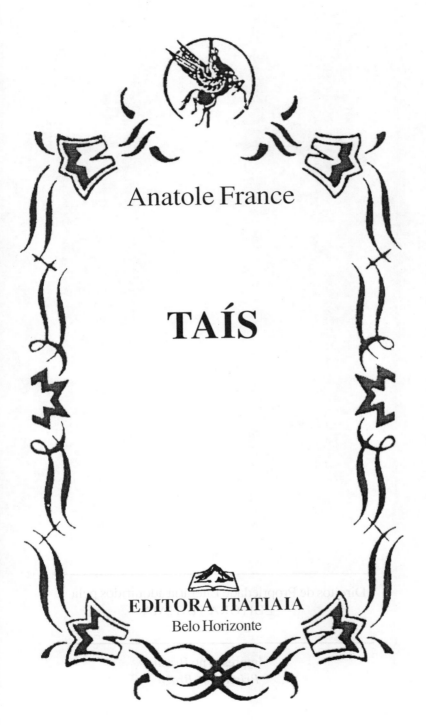

Anatole France

TAÍS

EDITORA ITATIAIA
Belo Horizonte

2006

Direitos de Propriedade Literária adquiridos pela
EDITORA ITATIAIA
Belo Horizonte

Impresso no Brasil
Printed in Brazil

ÍNDICE

O Lótus   9
O Papiro   47
O Banquete   79
O Eufórbio   123

ÍNDICE

O Lótus   9
O Papiro   47
O Banquete   79
O Eufórbio   123

O LÓTUS

Nesse tempo o deserto estava povoado de anacoretas. Nas duas margens do Nilo inumeráveis cabanas, construídas de ramos e de argila, pela mão dos solitários, estavam dispostas a alguma distância umas das outras, de maneira que os que as habitavam poderiam viver solitários e no entanto ajudarem-se mutuamente em caso de necessidade. Igrejas, encimadas com a cruz elevavam-se de longe em longe acima das cabanas, e os monges aí iam em dias de festa, para assistirem à celebração dos mistérios e participarem nos sacramentos. Havia também na margem do rio, casas onde os cenobitas, encerrados cada um na sua estreita célula, não se reuniam senão para melhor apreciarem a sua solidão.

Anacoretas e cenobitas viviam na abstinência, não tomando nenhum alimento senão ao pôr-do-sol, comendo somente pão com um pouco de sal e de hissopo. Alguns escondendo-se nas areias, faziam o seu asilo de uma caverna ou de um túmulo, e levavam uma vida ainda mais singular.

Todos guardavam a continência, traziam o cilício e a capa com capuz, dormiam sobre a terra depois de longas vigílias, oravam, cantavam salmos e, para tudo dizer cumpriam todos os dias todas as penitências. Em consideração do pecado original, recusavam ao seu corpo, não somente os prazeres e o contentamento, mas até os cuidados que passam por indispensáveis segundo as idéias do século. Eram de opinião que as doenças dos nossos membros salvavam as almas e que a carne não poderia ter mais gloriosos enfeites que as úlceras e as chagas. Assim se cumpria a palavra dos profetas que tinham dito: "O deserto se cobrirá de flores."

Entre os hóspedes desta santa Tebaida, uns passavam os seus dias no ascetismo e na contemplação, outros ganhavam a sua subsistência entrelaçando as fibras das palmeiras, ou se alugavam aos cultivadores vizinhos para o tempo da ceifa. Os gentios suspeitavam falsamente que alguns viviam da rapinagem e se juntavam aos árabes nômades para atacarem as caravanas. Mas na verdade estes monges desprezavam as riquezas e o odor das suas virtudes subia até aos céus. Anjos semelhantes a mancebos vinham, com o bastão na mão, como viajantes, visitar as ermidas, ao passo que demônios, tendo tomado a figura de etiópicos ou de animais, erravam em redor dos solitários, a fim de os levarem à tentação. Quando os monges iam, de manhã, encher a sua cabaça à fonte, viam passos de sátiros e de aigipans, impressos na areia. Considerada debaixo do ponto de vista verdadeiro e espiritual, a Tebaida era um campo de batalha onde se travavam sempre e especialmente de noite, nos maravilhosos combates do céu e do inferno.

Os ascetas furiosamente assaltados por legiões de danados, defendiam-se com a ajuda de Deus e dos anjos, por meio de jejum, da penitência e das macerações. Algumas vezes o aguilhão do desejo carnal os dilacerava tão cruelmente que de dor, as suas lamentações correspondiam, sob o céu estrelado, aos gemidos das hienas esfaimadas. Era então que os demônios se apresentavam debaixo de formas encantadoras. Porque se os demônios são feios na realidade, revestem-se algumas vezes de uma beleza aparente que impede que se conheça a sua natureza íntima. Os ascetas da Tebaida viram com espanto, na sua célula, imagens do prazer desconhecidas até dos voluptuosos do século. Mas como o sinal da cruz estava sobre eles, não sucumbiam à tentação, e os espíritos imundos, retomando a sua verdadeira figura, afastavam-se desde a aurora, cheios de vergonha e de raiva. Não era raro, na alvorada encontrar um destes lavado em lágrimas e respondendo aos que o interrogavam: "Choro e gemo, porque um dos cristãos que habitava aqui, me bateu com vergas e me pôs fora ignobilmente."

Os antigos do deserto estendiam o seu poder sobre os pecadores e sobre os ímpios. A sua bondade era muitas vezes terrível. Tinham dos apóstolos o poder de punir as ofensas feitas ao verdadeiro Deus, e nada podia salvar aqueles a quem eles tinham condenado. Contavam com terror nas cidades e até no povo de Alexandria que a terra se entreabria para tragar os maus que eles batiam com o seu bastão. Também eram muito temidos das pessoas de má vida e particularmente dos bobos, dos dançarinos, dos padres casados e das cortesãs.

Tal era a virtude destes religiosos, que até submetiam ao seu poder os animais ferozes. Quando um solitário estava prestes a morrer, um leão vinha-lhe cavar a cova com as suas garras. O santo homem conhecendo por isso que Deus o chamava a si, ia beijar a face a todos os seus irmãos. Depois deitava-se com alegria para adormecer na santa paz do senhor.

Ora depois que Antônio, de idade de mais de cem anos, se tinha retirado para o monte Colzin com os seus discípulos bem-amados, Macário e Amatas, não havia em toda a Tebaida, monge mais abundante em obras do que Panuce, abade de Antinoé. Para dizer a verdade, Efrem e Serapion estavam à testa de um maior número de monges e zelavam pela conduta espiritual e temporal dos mosteiros. Mas Panuce observava os jejuns mais rigorosos e ficava algumas vezes dias inteiros sem tomar qualquer alimento. Trazia um cilício muito duro, flagelava-se noite e dia e ficava muitas vezes prostrado com a face por terra.

Os seus 24 discípulos, tendo construído as suas cabanas próximo da sua, imitavam a sua austeridade. Amava-os do coração como Jesus Cristo e exortava-os sem cessar à penitência. No número dos seus filhos espirituais achavam-se homens, que, depois de se terem entregue aos roubos durante anos, tinham sido tocados pelas exortações do santo abade a ponto de abraçarem o estado monástico. A pureza da sua vida edificava os companheiros. Distinguia-se entre

11

eles o antigo cozinheiro de uma rainha da Abissínia que, convertido da mesma maneira pelo abade de Antinoé, não cessava de chorar, e o diácono Flaviano, que tinha o conhecimento das escrituras e falava com destreza. Mas o mais admirável dos discípulos de Panuce era um moço aldeão chamado Paulo e cognominado o Simples, por causa da sua extrema simplicidade. Os homens escarneciam a sua candura, mas Deus favorecia-o enviando-lhe visões, e concedendo-lhe o dom de profecia.

Panuce santificava as suas horas com o ensino dos seus discípulos e com as práticas do ascetismo. Muitas vezes também, ele meditava sobre os livros sagrados para aí achar alegorias. Era por isso que, jovem ainda, ele abundava em méritos. Os diabos que davam tão rudes assaltos aos bons anacoretas não ousavam aproximar-se dele. À noite, ao clarão da lua, sete pequenos chacais ficavam diante da sua célula, sentados sobre os seus traseiros, imóveis, silenciosos, de ouvido à escuta. E julga-se que eram sete demônios que ele retinha no seu solar pela virtude da sua santidade.

Panuce nascera na Alexandria de pais nobres, que o tinham mandado educar nas letras profanas. Tinha mesmo sido seduzido pelas mentiras dos poetas, e tais eram, na sua primeira juventude, o erro do seu espírito, e o desregramento do seu pensamento, que julgava que a raça humana tinha sido afogada pelas águas do dilúvio no tempo de Deucalião, e que disputava com os seus condiscípulos, sobre a natureza, atributos e existência do próprio Deus. Vivia então na dissipação à maneira dos gentios. E era um tempo de que ele se não lembrava senão com vergonha e para sua confusão.

Durante estes dias, tinha ele o costume de dizer aos seus irmãos: "eu fervi na caldeira das falsas delícias".

Queria dizer com isso que comia de carnes habilmente preparadas e que freqüentava os banhos públicos. Com efeito, tinha levado até os seus vinte anos esta vida do século, a que ele gostava mais chamar morte de que vida. Mas tendo recebido as lições do padre Macrin, tornou-se um homem novo.

A verdade entrou nele toda e tinha o hábito de dizer que ela tinha entrado nele como uma espada. Abraçou a fé do Calvário e adorou Jesus crucificado. Depois do seu batismo, ficou um ano ainda entre os gentios, no século, em que o retinham os laços do hábito. Mas um dia, tendo entrado numa igreja ouviu o diácono que lia este verso da escritura: "Se tu queres ser perfeito, vai e vende tudo o que tens e dá o dinheiro aos pobres". Imediatamente ele vendeu os seus bens, distribuiu o dinheiro em esmolas e abraçou a vida monástica.

Há dez anos que se tinha retirado para longe dos homens, não fervia já na caldeira das delícias carnais, mas macerava-se proveitosamente nos bálsamos da penitência.

Ora, um dia que, relembrando, segundo o seu piedoso hábito, as horas que tinha vivido longe de Deus, examinava as suas faltas uma a uma, para lhes conceber exatamente a deformidade, lembrou-se ter visto outrora no teatro de Alexandria uma comediante de grande beleza, chamada Taís. Esta mulher mostrava-se nos jogos e não temia entregar-se a danças cujos movimentos, regulados com muita habilidade lembravam os das paixões mais horríveis. Ou então simulava algumas destas ações vergonhosas que as fábulas pagãs atribuem a Vênus, a Leda ou a Pasifaé. Abrasava assim todos os espectadores com o fogo da luxúria; e quando moços belos ou ricos velhos vinham, cheios de amor esparzir flores no limiar da sua casa, dava-lhes bom acolhimento e entregava-se a eles. De maneira que perdendo a sua alma, perdia também um grande número de outras almas.

Pouco faltou que tivesse induzido o próprio Panuce ao pecado da carne. Tinha acendido o desejo na sua vida e uma vez tinha-se aproximado da casa de Taís. Mas tinha sido detido no solar da cortesã pela timidez natural à extrema juventude (tinha então quinze anos), e pelo medo de se ver repelido, por falta de dinheiro, porque seus pais velavam para que não fizesse grandes despesas. Deus, na sua misericórdia, tinha tomado estes dois meios para o salvar de um grande crime. Mas Panuce ao princípio não se lhe tinha mostrado nenhum reconhecimento, porque nesse tempo mal sabia distinguir os seus próprios interesses e porque desejava os falsos bens. Então ajoelhava-se na sua célula diante do simulacro deste pedaço de madeira onde foi suspensa, como numa balança, a redenção do mundo, Panuce começou a pensar em Taís, porque Taís era o seu pecado, e meditou por muito tempo, segundo as regras do ascetismo, sobre a fealdade espantosa das delícias carnais, de que esta mulher lhe tinha inspirado o gosto, nos dias de perturbação e ignorância. Depois de algumas horas de meditação, a imagem de Taís apareceu-lhe com uma extrema nitidez. Reviu-a tal qual a tinha visto quando da tentação, bela segundo a carne. Mostrou-se primeiro, como uma Leda, languidamente deitada sobre um leito de jacinto, a cabeça inclinada, os olhos úmidos e cheios de fogo, as narinas frementes, a boca entreaberta, o peito descoberto, e os braços frescos como dois regatos. A esta visão, Panuce batia de encontro ao peito e exclamava:

— Oh, meu Deus, bem sois testemunha, que eu considero a fealdade do meu pecado.

Entretanto a imagem mudava insensivelmente de expressão. Os lábios de Taís revelavam, pouco a pouco, ao abaixarem-se nos dois cantos da boca, um misterioso sofrimento. Os seus olhos abertos estavam cheios de lágrimas e de clarões; do seu peito trêmulo de suspiros, subia um hálito semelhante às primeiras aragens da tempestade. A esta vista, Panuce sentiu-se perturbado até ao íntimo da sua alma. Tendo-se prostrado por terra, fez a seguinte prece:

— Tu que puseste a piedade nos nossos corações, como o orvalho da manhã sobre os prados, Deus justo e misericordioso, sede bendito. Louvor, louvor a ti. Afasta do teu servidor esta falsa ternura que traz a concupiscência e faz a graça de jamais amar mais do que por ti as criaturas, porque elas passam e tu ficas. Se esta mulher me interessa, é porque ela é a tua obra. Os próprios anjos se inclinam para ela com solicitude. Não é ela, ó Senhor, o sopro da tua boca? É preciso que ela não continue a pecar com tantos cidadãos e estrangeiros. No meu coração há uma grande piedade por ela. Os seus crimes são abomináveis e esse único pensamento me faz tais arrepios que eu sinto que se eriçam de terror os cabelos da minha carne. Mas quanto mais ela é culpada, mais eu a devo lastimar. Choro ao pensar que os diabos a atormentarão durante a eternidade.

Quando ele meditava desta sorte viu um pequeno chacal sentado a seus pés. Ficou surpreendido porque a porta da sua célula estava fechada desde manhã. O animal parecia ler no pensamento do abade e mexia a cauda como um cão. Panuce persignou-se; o animal evaporou-se. Conhecendo então que pela primeira vez o diabo tinha entrado no seu quarto, fez uma curta oração; depois pensou de novo em Taís.

— Com a ajuda de Deus, disse consigo mesmo, é preciso que eu a salve.

E adormeceu.

No dia seguinte de manhã, depois de ter feito a sua oração, foi ter com o santo homem Palemon, que levava, a alguma distância a vida anacoreta. Viu que em paz e sorrindo limpava a terra segundo o seu costume. Palemon era um velho; cultivava um pequeno jardim; os animais selvagens vinham-lhe lamber as mãos, e os diabos não o atormentavam.

— Deus seja louvado, irmão Panuce, diz ele apoiado a sua enxada.

— Deus seja louvado, respondeu Panuce. E que a paz esteja com meu irmão.

— A paz esteja também contigo irmão Panuce, replicou o monge Palemon; e enxugou com a manga o suor da sua fronte.

— Irmão Palemon, os nossos discursos devem ter por único objeto o louvor daquele que prometeu achar-se no meio dos que se juntam em redor do seu nome. É por isso que eu venho entreter-te com um projeto que tracei tendo em vista glorificar o Senhor.

— Possa pois o Senhor abençoar o teu projeto, Panuce, assim como abençoou as minhas alfaces. Espalha todas as manhãs a sua graça com o orvalho sobre o meu jardim e a sua bondade me incita a glorificá-lo nos pepinos e abóboras que me dá. Oremos para que nos guarde em paz. Porque nada é mais para temer do que os movimentos desordenados que perturbam os corações. Quando estes movimentos nos agitam, somos semelhantes a homens embriagados, e caminhamos, quer para a esquerda quer para a direita sem cessar, prestes a cair ignominiosamente. Algumas vezes estes transportes nos mergulham numa alegria desregrada, e o que a isso se abandona, faz repercutir no ar o rir espesso dos brutos. Esta alegria lamentável traz o pecado com todas as espécies de desordens. Mas algumas vezes também estas perturbações da alma e dos sentidos nos lançam numa tristeza ímpia, mais funesta mil vezes do que a alegria. Irmão Panuce, eu não sou mais que um desgraçado pecador; mas aprendi durante a minha vida que o cenobita não tem pior inimigo que a tristeza. Entendo por isso esta melancolia tenaz que envolve a alma como uma bruma e lhe esconde a luz de Deus. Nada é mais contrário à salvação, e o maior triunfo do diabo é o de espalhar um acre e negro humor no coração de um religioso. Se ele não nos enviasse senão tentações alegres, seria somente meio temível. Oh, ele exulta em nos desolar. Não mostrou ele ao nosso pai Antônio uma criança preta de tal beleza que a sua vista arrancava lágrimas? Com a ajuda de Deus, o nosso pai Antônio evitou as armadilhas do demônio. Conheci-o no tempo em que ele vivia entre nós; alegrava-se com os seus discípulos e nunca caiu na melancolia. Mas não vieste tu, meu irmão para me falar de um desígnio formado no teu espírito? Tu favorecer-me-ás, se mo deres a saber, se todavia este desígnio tem por objeto a glória de Deus.

— Irmão Palemon, proponho-me, com efeito glorificar o Senhor. Fortifica-me com o teu conselho, porque tu tens muitas luzes e o pecado nunca obscureceu a luz da tua inteligência.

— Irmão Panuce, eu não sou digno de desapertar as correias das tuas sandálias e as minhas iniqüidades são tão numerosas como as areias do deserto. Mas eu sou velho e não te recusarei o auxílio da minha experiência.

— Eu te confiarei pois, irmão Palemon, que estou penetrado de dor com o pensamento que há em Alexandria uma cortesã chamada Taís, que vive no pecado e se torna para o povo um objeto de escândalo.

— Irmão Panuce, é isso, com efeito, uma abominação de que há razão para se afligir. Muitas mulheres vivem como essa entre os gentios. Imaginastes um remédio aplicável para este grande mal?

— Irmão Palemon, irei ter com esta mulher a Alexandria, e, com os socorros de Deus, convertê-la-ei. Tal é o meu desígnio; não o aprovas, irmão?

— Irmão Panuce, eu não sou senão um desgraçado pecador, mas nosso pai Antônio tinha o costume de dizer: "Seja em que lugar estiveres, não te apresses a sair para ir para outra parte."

— Irmão Palemon, descobres alguma coisa de mau na empresa que concebi?

— Bom Panuce, Deus me livre de suspeitar das intenções de meu irmão. Mas o nosso pai Antônio dizia ainda: "Os venenos que são lançados para um lugar seco aí encontram a morte: semelhantemente sucede que, os monges que saem para fora das suas células e que se misturam com as gentes seculares, se afastam dos bons propósitos."

Assim tendo falado, o velho Palemon enterrou com o pé a lâmina cortante de sua enxada e pôs-se a cavar com ardor o solo em redor de uma figueira carregada de frutos. Enquanto cavava, uma antílope, tendo franqueado com um rápido salto, fazendo um ligeiro ruído, a rampa que fechava o jardim, parou, surpresa e inquieta, com o jarrete a tremer, depois aproximou-se em dois saltos do velho e escondeu a cabeça no seio do seu amigo.

— Deus seja louvado na gazela do deserto, diz Palemon. E, tendo ido à sua cabana, seguido do ligeiro animal, trouxe pão negro que a antílope comia na palma da mão.

Panuce ficou alguns instantes pensativo, com o olhar fixo sobre as pedras do caminho. Depois, voltou lentamente para a sua célula, pensando no que acabava de ouvir. Um grande trabalho se fazia no seu espírito.

— Este solitário, dizia consigo mesmo, é de bom conselho; tem em si o espírito da prudência. E duvida da sisudez do meu projeto. No entanto ser-me-ia cruel abandonar por mais tempo esta Taís ao demônio que a possui. Que Deus me ilumine e me conduza.

Enquanto seguia o seu caminho, viu uma tarambola presa nas redes que um caçador tinha estendidas sobre a areia e conheceu que era uma fêmea, porque o macho veio a voar até às redes e rompia as malhas uma a uma com o bico, até que chegou a fazer uma abertura pela qual a sua companheira pôde escapar. O homem de Deus contemplou este espetáculo e, como pela virtude da sua santidade, compreendia facilmente o sentido místico das coisas, viu que a ave cativa não era outra senão a Taís, presa nos lagos das abominações, e que, a exemplo da tarambola, que cortava os fios de cânhamo com o bico, ele devia romper, pronunciando palavras poderosas, os invisíveis laços pelos quais Taís estava presa ao pecado. Foi por isso que ele louvou a Deus e ficou firmado na sua primeira idéia. Mas tendo visto em seguida a tarambola macho, presa pelas patas e embaraçada ela mesma na armadilha que tinha rompido, caiu na sua incerteza.

Não dormiu toda a noite e teve antes da aurora uma visão. Taís apareceu-lhe ainda. O seu rosto não exprimia as volúpias culpáveis e já não estava vestida segundo o seu habito, com tecidos diáfanos. Um sudário a envolvia inteiramente e escondia-lhe mesmo uma parte do rosto, de maneira que o abade não via senão dois olhos que esparziam lágrimas brancas e pesadas.

A esta vista, ele mesmo se pôs a chorar e, pensando que esta visão lhe vinha de Deus não hesitou mais. Levantou-se, agarrou num bastão nodoso, imagem da fé cristã, saiu da sua célula, de que fechou cuidadosamente a porta afim de que os animais que vivem sobre as areias e as aves do espaço não pudessem vir sujar o livro das escrituras que conservava à cabeceira de seu leito, chamou o diácono Flaviano para lhe confiar o governo dos 23 discípulos; depois, vestido somente de um longo cilício, tomou o caminho para o Nilo, com o desígnio de seguir a pé a margem Líbica até à cidade fundada pelo Macedônio. Caminhava desde a aurora sobre a areia, desprezando a fadiga, e a sede; o sol estava já baixo no horizonte quando viu o rio terrível que rolava as suas águas ensangüentadas entre dois rochedos de ouro e de fogo. Seguiu a encosta, pedindo o pão às portas das cabanas isoladas, pelo amor de Deus, e recebendo a injúria, as recusas, as ameaças com alegria. Não temia nem os salteadores, nem os fulvos animais, mas tinha o máximo cuidado em se afastar das cidades e das aldeias que se achavam no seu caminho. Temia encontrar crianças a brincar aos encarnes diante da casa de seus pais, ou ver à borda das cisternas, mulheres em camisa azul pousarem o seu cântaro e sorrirem. Tudo é perigo para o solitário; é algumas vezes um perigo para ele, ler na Escritura que o divino mestre ia de cidade em cidade e jantava com os seus discípulos. As virtudes que os anacoretas bordam cuidadosamente sobre o tecido da fé são tão frágeis quão magníficas: um sopro do século pode amarelecer as agradáveis cores. Era por isso que Panuce evitava entrar nas cidades, temendo que o seu coração se amolecesse à vista dos homens.

Ia pois pelos caminhos solitários. Quando chegava a noite, o murmúrio dos tamaris, acariciados pela brisa, dava-lhe arrepios, e ele puxava o seu capuz para os olhos para já não ver a beleza das coisas. Depois de seis dias de caminho, chegou a um lugar chamado Silsilé. O rio aí corre num estreito vale que limita uma dupla cadeia de montanhas de granito. Foi aí que os egípcios, no tempo em que adoravam os demônios, talhavam os seus ídolos. Panuce viu uma enorme cabeça de Esfinge, ainda metida na rocha. Temendo que estivesse animada de qualquer virtude diabólica, fez o sinal da cruz e pronunciou o nome Jesus; imediatamente um morcego saiu de uma das orelhas da esfinge e Panuce viu que tinha espantado o mau espírito que estava nesta figura havia muitos séculos. O seu zelo cresceu, e tendo apanhado uma grande pedra, atirou-a à face do ídolo. Então o rosto misterioso da esfinge exprimiu uma tão profunda tristeza, que Panuce ficou comovido. Na verdade, a expressão de dor sobre-humana, que esta face de pedra tinha tomado, teria tocado o homem mais insensível. Foi por isso que Panuce disse à esfinge:

— Animal, a exemplo dos sátiros e dos centauros que viu no deserto o nosso pai Antônio, confessa a divindade de Jesus Cristo, e eu te abençoarei em nome do Pai, do Filho e do Espírito.

Mal ele acabava: um clarão rubro sai dos olhos da Esfinge, as pesadas pálpebras do animal tremem e os lábios de granito articulam penosamente como um eco da voz do homem, o santo nome de Jesus Cristo; foi por isso que Panuce, estendendo a mão direita abençoou a esfinge de Silsisé.

Feito isto prosseguiu o seu caminho e, o vale tendo-se alargado, viu ruínas de uma cidade imensa. Os templos que tinham ficado de pé, estavam levantados com ídolos que serviam de colunas e, com a permissão de Deus, cabeças de mulheres com cornos de vacas, atiravam sobre Panuce um longo olhar que o fazia empalidecer. Caminhou assim 17 dias, mascando como todo alimento ervas cruas e dormindo de noite nos palácios em ruínas, entre os gatos selvagens e as ratas do Faraó às quais se vinham juntar mulheres cujo busto terminava em peixe escamoso. Mas Panuce sabia que estas mulheres vinham do inferno e espantava-as fazendo o sinal da cruz.

Ao 18º dia, tendo descoberto, distante de toda a aldeia uma miserável cabana de folhas de palmeira, meio enterrada na areia que o vento do deserto traz, aproximou-se dela com a esperança de que esta cabana fosse habitada por algum piedoso anacoreta. Como não havia nenhuma porta, apercebeu no interior um cântaro, um tacho com cebolas e um leito de folhas secas.

— Eis aqui, diz ele consigo mesmo, a mobília de um asceta. Ordinariamente os ermitãos afastam-se pouco das suas cabanas. Não deixarei de encontrar este em breve. Quero dar-lhe o beijo da paz, a exemplo do santo solitário Antônio que, tendo ido ter com o ermitão Paulo o beijou três vezes. Entreter-nos-emos das coisas eternas e talvez Nosso Senhor nos envie por um corvo um pão que o meu hospedeiro me convidará honestamente a comer.

Enquanto falava assim consigo mesmo, andava à roda da choupana para ver se descobria alguém. Ainda não tinha dado cem passos quando avistou um homem assentado com as pernas cruzadas à beira do Nilo. Este homem estava nu; a sua cabeleira assim como a sua barba era toda branca e o seu corpo mais vermelho do que o tijolo. Panuce não duvidou pois que este fosse o ermitão. Saudou-o com as palavras que os monges têm por costume trocar entre si quando se encontram.

— Que a paz esteja contigo, meu irmão. Que tu possas um dia entrar no paraíso.

O homem não respondeu. Ficou imóvel e parecia não ouvir. Panuce pensou que este silêncio era causado por um destes entusiasmos de que os santos estão habituados. Pôs-se de joelhos, com as mãos postas, ao lado do desconhecido e ficou assim em orações até ao pôr-do-sol. Neste momento vendo que o seu companheiro se não tinha ainda mexido, disse-lhe:

— Meu pai, já saíste do êxtase em que te vi mergulhado dá-me a tua bênção em Nosso-Senhor-Jesus-Cristo.

O outro respondeu-lhe sem voltar a cabeça:

— Estrangeiro, eu não sei o que tu queres dizer, e eu não conheço esse Senhor-Jesus-Cristo.

— O que, exclamou Panuce. Os profetas o anunciaram; legiões de mártires confessaram o seu nome; o próprio César o adorou e ainda agora eu o fiz proclamar pela esfinge de Silsilé. É possível pois que tu o não conheças?

— Meu amigo, respondeu o outro, isso é possível. Seria mesmo certo, se houvesse alguma coisa de certo neste mundo.

Panuce estava surpreendido e contristado da incrível ignorância deste homem.

— Se tu não conheces Jesus Cristo, lhe disse ele, as tuas obras não te servirão de nada, e tu não ganharás a vida eterna.

O velho replicou:

— É em vão que se age ou se abstém; é indiferente viver ou morrer.

— Pois que, perguntou Panuce, tu não desejas viver na eternidade? Mas, diz-me, não habitas tu uma cabana no deserto à maneira dos anacoretas?

— Parece-me que sim.

— Não vives tu nu e sem nenhuma vestimenta?

— Parece-me que sim.

— Não te alimentas tu de raízes e não praticas a castidade?

— Parece-me que sim.

— Não renunciaste tu, a todas as vaidades deste mundo?

— Eu renunciei com efeito às coisas vãs deste mundo que fazem geralmente os cuidados do homem.

— Assim tu és como eu, pobre, casto e solitário. E tu não o és como eu pelo amor de Deus, e em vista da felicidade celeste. É isso que não posso compreender. Porque é que tu és virtuoso se não crês em Deus? Porque te privas dos bens deste mundo, se não esperas ganhar os bens eternos?

— Estrangeiro, eu não me privo de nenhum bem, contento-me por ter encontrado uma maneira de viver bastante satisfatória, ainda que para falar exatamente, não haja nem boa nem má vida. Nada é em si honesto ou vergonhoso, justo ou injusto, agradável ou penoso, bom ou mau. É a opinião que dá as qualidades às coisas, assim como o sal dá o sabor aos pratos.

— Assim pois, segundo tu, não há certeza. Tu negas a verdade que até os próprios idólatras procuraram. Tu deitaste-te na tua ignorância, como um cão fatigado que dorme na lama.

— Estrangeiro, é igualmente vão injuriar os cães e os filósofos. Nós ignoramos o que são os cães e mesmo o que nós somos. Nada sabemos.

— Oh velho, pertences, pois tu a seita ridícula dos céticos? És tu pois um destes miseráveis loucos que negam igualmente o movimento e o repouso e que não sabem distinguir a luz do sol, das sombras da noite?

— Meu, amigo, eu sou cético com efeito, e de uma seita que me parece louvável, ao passo que tu a julgas ridícula. Porque as mesmas coisas têm diversas aparências. As pirâmides de Menfis parecem ao levantar da aurora cones de rubra luz. Aparecem ao pôr-do-sol, sob o céu abrasado como negros triângulos. Mas quem penetrará a sua íntima substância? Tu censuras-me por negar as aparências, quando precisamente as aparências são as únicas realidades que eu reconheci. O sol parece-me luminoso, mas a sua natureza é-me desconhecida. Eu sinto que o fogo queima, mas não sei nem como, nem porque. Meu amigo tu entendes-me muito mal. De resto é indiferente ser compreendido de uma maneira ou de outra.

— Ainda, uma vez, porque vives tu de tâmaras e de cebolas no deserto? Porque sofres tu os grandes males? Eu suporto também grandes e pratico como tu a abstinência na solidão. Mas é com o fim de agradar a Deus e de merecer a beatificação sempiterna. É esse um fim razoável, porque é ajuizado sofrer tendo em vista um grande bem. É insensato, pelo contrário, expor-se voluntariamente a inúteis fadigas e a vãos sofrimentos. Se eu não acreditasse, — perdoa esta blasfêmia. Oh, luz incriada, — se eu não acreditasse na verdade do que Deus nos ensinou pela voz dos profetas, pelo exemplo de seu filho, pelo atos dos apóstolos, pela autoridade dos concílios e pelo testemunho dos mártires, se eu não soubesse que os sofrimentos do corpo são necessários para a saúde da alma, se eu estivesse como tu, mergulhado na ignorância dos sagrados mistérios, voltaria imediatamente para a vida secular, e esforçar-me-ia para adquirir riquezas para viver na preguiça como os felizes deste mundo, e diria às voluptuosas: "Vinde, minhas filhas, vinde, minhas escravas, vinde todas derramar-me os vossos vinhos, os vossos filtros e os vossos perfumes." Mas tu, velho insensato, tu te privas de todas as vantagens; tu perdes sem atender a nenhum ganho: tu dás sem esperança de tornar a receber e tu imitas ridiculamente os trabalhos admiráveis dos nossos anacoretas, como um macaco atrevido pensa, enfarruscando uma parede, copiar o quadro de um engenhoso pintor. Ó mais estúpido dos homens, quais são pois as tuas razões?

Panuce falava assim com uma grande violência. Mas o velho estava tranqüilo.

— Meu amigo, responde ele docemente, que te importam as razões de um cão adormecido e de um macaco maléfico?

Panuce não tinha em vista senão a glória de Deus. A sua cólera tinha caído, e desculpou-se com uma nobre humildade.

— Perdoa-me, diz ele, ó velho, ó meu irmão, se o zelo da verdade me levou para além dos justos limites. Deus é testemunha de que é ao teu erro e não à tua pessoa que eu aborreço. Eu sofro por te ver nas trevas, porque te amo em Jesus Cristo e o cuidado da tua saúde ocupa o meu coração. Fala, dá-me as tuas razões: ardo em desejos de as conhecer afim de as contradizer.

O velho respondeu tranqüilamente:

— Eu estou igualmente disposto a falar e a calar-me.

Dar-te-ei pois as minhas razões, sem te pedir em troca as tuas, porque tu me não interessas de qualquer maneira. Não tenho cuidado nem da tua felicidade nem do teu infortúnio; é-me indiferente que tu penses de uma maneira ou de outra. E como te amaria eu, ou te aborreceria? A aversão e a simpatia são igualmente indignas do sábio. Mas visto que tu me interrogas, sabe pois que eu me chamo Tímocles e que nasci em Cós, de pais que enriqueceram nos negócios. Meu pai era armador de navios. A sua inteligência parecia-se muito com a de Alexandre, a quem cognominaram o Grande. Mas era menos espessa. Em breve era uma pobre natureza de homem. Eu tinha dois irmãos que seguiam como ele a profissão de armadores. Eu, professei a ciência. Ora, o meu irmão mais velho foi constrangido por nosso pai a se casar com uma mulher cariana chamada Timaessa, que lhe desagradava tanto que não podia viver ao lado dela sem cair na mais profunda melancolia. Entretanto Timaessa inspirava a nosso irmão mais novo um amor criminoso e esta paixão se mudou em breve em mania furiosa. A Cariana tinha igual aversão a ambos. Mas amava um tocador de flauta e recebia-o de noite no seu quarto. Uma manhã, esqueceu lá a coroa que tinha por costume trazer nos festins. Os meus dois irmãos tendo encontrado esta coroa, juraram matar o tocador de flauta e, na manhã seguinte o fizeram morrer debaixo do chicote, apesar das suas lágrimas e das suas preces. A minha cunhada de desespero perdeu a razão, e estes três miseráveis, semelhantes a animais andavam loucos pelas margens do Cós, vivendo como lobos, com a escuma nos lábios, o olhar no chão por entre os apupos das crianças que lhes atiravam conchas. Morreram e o meu pai os enterrou com as suas próprias mãos. Passado pouco tempo, o seu estômago recusou todos os alimentos e morreu de fome, bastante rico para comprar todas as carnes e todos os frutos dos mercados da Ásia. Estava desesperado de me deixar a sua fortuna. Eu empreguei-a em viajar. Visitei a Itália, a

Grécia e a África sem encontrar pessoa que fosse sábia ou feliz. Estudei a filosofia em Atenas e em Alexandria e fiquei ensurdecido pelo barulho das disputas. Enfim tendo ido até a Índia, vi na margem do Ganges um homem nu, que estava imóvel, com as pernas cruzadas havia trinta anos. Os cipós entrelaçavam o seu corpo dessecado e as aves faziam o seu ninho nos seus cabelos. E no entanto ele vivia. Lembrei-me, à sua vista, de Timaessa, do tocador de flauta, e dos meus dois irmãos e de meu pai, e compreendi que este indiano era sábio. "Os homens, disse eu para comigo mesmo, sofrem porque são privados do que julgam ser um bem, ou que, possuindo-o, temem perdê-lo, ou porque sofrem o que julgam ser um mal. Suprimi toda a crença deste gênero e todos os males desaparecerão. Foi por isso que eu resolvi de nunca mais julgar uma coisa vantajosa, de professar o inteiro alheamento dos bens deste mundo e de viver na solidão e na imobilidade, a exemplo deste indiano. Panuce tinha escutado atentamente a história do velho.

— Tímocles de Cós, respondeu ele, eu confesso que tudo isso, nos teus propósitos, não é desprovido de senso. É ajuizado, com efeito, desprezar os bens deste mundo. Mas seria insensato desprezar também os bens eternos e expor-se à cólera de Deus. Deploro a tua ignorância, Timocles, e quero instruir-te na verdade, afim de que conhecendo que existe um Deus em três hipóteses, tu obedeças a este Deus como um filho a seu pai.

Mas Tímocles, interrompendo-o:

— Livra-te, estrangeiro, de me expor as tuas doutrinas e não penses em me constranger a partilhar o teu sentimento. Toda a disputa é estéril. A minha opinião é de não ter opinião. Eu vivo isento das perturbações com a condição de viver sem preferências. Persegue o teu caminho, e não tentes em me tirar a bem-aventurada apatia em que estou mergulhado, como num banho delicioso, depois dos rudes trabalhos dos meus dias.

Panuce era profundamente instruído nas coisas da fé. Pelo conhecimento que tinha dos corações, compreendeu que a graça de Deus não estava no velho Tímocles e que o dia da salvação ainda não tinha chegado para esta alma encarnada na sua perda. Nada respondeu, com medo que a edificação se tornasse em escândalo. Porque sucede muitas vezes que se disputando com os infiéis os levam de novo ao pecado, longe de os converter. É por isso que os que possuem a verdade devem-na espalhar com prudência.

— Então adeus, diz ele, desgraçado Tímocles.

E deixando escapar um grande suspiro, retomou durante a noite a sua piedosa viagem.

De manhã, viu os íbis imóveis sobre uma das suas patas, à borda d'água que refletia o seu colo pálido e rosado. Os salgueiros estendiam ao longe sobre os prados a sua agradável folhagem acinzentada. Os grous voavam em triângulo no céu claro e ouvia-se por entre os canaviais o grito das garças invisíveis. O rio rolava até perder de vista as suas largas águas verdes onde velas deslizavam como as asas das aves, onde, aqui e ali, na margem se refletiam ao longe ligeiros vapores, enquanto ilhas carregadas de palmeiras, de flores e de frutos deixavam escapar das suas sombras nuvens de patos, de gansos, de flamingos e de cercelas. À esquerda o grande valado estendia até ao deserto os seus campos e campinas que fremiam na alegria, o sol dourava os espinhos, e a fecundidade da terra exalava-se em poeiras odoríferas. À vista disto, Panuce, caindo de joelhos exclamou:

— Bendito seja o Senhor, que favoreceu a minha viagem. Tu que espalhas o orvalho sobre as figueiras de Arsinoitide, meu Deus, faz descer a tua graça à alma desta Taís que tu não formaste com menos amor do que as flores dos campos e árvores dos jardins. Possa ela florir com os meus cuidados como uma roseira balsâmica na tua Jerusalém celeste.

E cada vez que via uma árvore florida ou um pássaro de brilhantes cores, pensava em Taís. Foi assim que, caminhando ao longo do braço esquerdo do rio através de regiões férteis e populosas, alcançou em poucos dias esta Alexandria que os gregos cognominaram a Bela e Dourada. O dia estava levantado havia já uma hora quando descobriu do alto de uma colina a cidade espaçosa de que os telhados cintilavam num rosado vapor. Deteve-se, e cruzando os braços sobre o peito:

Eis pois, diz consigo, o lugar delicioso onde eu nasci no pecado, o lar brilhante onde eu respirei perfumes envenenados, o mar voluptuoso onde ouvi as sereias cantarem! Eis o meu berço segundo a carne, eis a minha pátria segundo o século! Berço florido, pátria ilustre para o juízo dos homens! É natural aos teus filhos, Alexandria, de te quererem como a uma mãe, e eu fui gerado no teu seio magnificamente ornamentado. Mas o aceta despreza a natureza, o místico desdenha as aparências, o cristão olha a sua pátria humana como um lugar de exílio, o monge escapa à terra. Tirei do meu coração o teu amor, Alexandria. Aborreço-te! Aborreço-te pela tua riqueza, pela tua ciência, pela tua riqueza, pela tua ciência, pela tua doçura e pela tua beleza. Sede maldito, templo dos demônios! Aborto impudico dos gentios, carne empestada dos arianos, sede maldita! E tu filho alado do Céu que conduziste o santo ermitão Antônio, nosso pai, quando, vindo do fundo do deserto, penetrou nesta cidadela de idolatria para afirmar a fé dos confessores e a confiança dos mártires, belo anjo do Senhor invisível criança, primeiro sopro de Deus, vai diante mim e perfuma com o bater das tuas asas o ar corrompido que eu vou respirar entre os príncipes tenebrosos do século.

Disse e retomou o seu caminho. Entrou na cidade pela porta do Sol. Esta porta era de pedra e elevava-se com orgulho, mas miseráveis agachados na sua sombra, ofereciam aos passantes, limões e figos ou mendigavam um óbolo lamentando-se.

Uma velha coberta de andrajos, que estava aí ajoelhada, pegou no cilício do monge, beijou-o e disse:

— Homem do Senhor, abençoa-me a fim de que Deus me abençoe. Eu sofri muito neste mundo, quero ter todas as alegrias do outro. Tu vens de Deus oh, santo homem, é por isso que a poeira dos teus pés é mais preciosa do que o ouro.

— O Senhor seja louvado, disse Panuce.

E fez com a mão o sinal de redenção sobre a cabeça da velha.

Mas mal tinha dado vinte passos na rua que uma turba de crianças se pôs a gritar e a atirar-lhe pedras gritando:

Oh, o mau monge! É mais preto que um cinocéfalo e mais barbudo do que um bode. É um vadio! Porque o não enforcam nalgum pomar, como um Príapo de madeira, para espantar os pássaros? Mas não, ele atrairia a geada sobre as macieiras em flor. Trás desgraça. Aos corvos, o monge! Aos corvos!

E as pedras voavam com os gritos.

— Meus Deus! Abençoai estas crianças, murmurou Panuce.

E prosseguiu o seu caminho, pensando:

Sou veneração para esta velha e desprezo para estas crianças. Assim um mesmo objeto é apreciado diferentemente pelos homens que são incertos nos seus juízos e estão sujeitos ao erro. É preciso convir, que para um gentio, o velho Tímocles, não é de todo falto de juízo. Cego, sabe que está privado de luz. Quando ele não leva a palma pelo raciocínio sobre estes idólatras que gritam do fundo das suas espessas trevas: Eu vejo o dia. Tudo neste mundo é imagem e areia movediça. Somente em Deus há estabilidade.

No entanto atravessava a cidade com um passo rápido. Depois de dez anos de ausência, reconhecia todas as pedras e cada uma destas pedras era uma pedra de escândalo que lhe lembrava um pecado. Era por isso que ele batia rudemente com os seus pés nus nas lages das largas calçadas, e regozijava-se por marcar com um traço ensangüentado os seus passos. Deixando à esquerda os magníficos pórticos do templo de Serapis, meteu por um caminho cheio de ricas habitações que pareciam agachadas entre os perfumes. Aí, os pinheiros, e os carvalhos, as terenbintas elevavam a sua cabeça acima das cornijas vermelhas e dos acrotérios de ouro. Viam-se, pelas portas entreabertas estátuas de arianos nos vestíbulos de mármore e jatos de água no meio da folhagem. Nenhum ruído perturbava a paz destes sítios encantadores. Ouvia-se somente o som longínquo de uma flauta. O monge deteve-se diante de uma casa bastante pequena, mas de nobres proporções e sustentada por colunas graciosas como meninas. Estava ornada com bustos em bronze dos mais ilustres filósofos da Grécia.

Aí reconheceu Platão, Sócrates, Aristoto, Epicuro e Zenon e tendo batido à aldrava da porta, esperou pensando:

— É em vão que o metal glorifica estes falsos sábios, as suas mentiras são confundidas; as suas almas estão mergulhadas no inferno e o mesmo famoso Platão, que enche a terra com o barulho da sua eloqüência, não disputa de ora avante senão com os diabos.

Um escravo veio abrir a porta e, vendo um homem de pés descalços sobre o mosaico do solar, disse-lhe duramente.

— Vai mendigar a outra parte, monge ridículo, e não esperes que eu te ponha fora daqui as bastonadas.

— Meu irmão, respondeu o abade d`Antinoé, eu nada peço, senão que tu me conduzas à presença de Nícias, teu senhor.

O escravo respondeu ainda mais colérico:

— O meu senhor não recebe cães como tu.

— Meu filho, replicou Panuce, faz por favor, o que te peço e diz ao teu senhor que o desejo ver.

— Fora daqui, vil mendigo! Exclamou o porteiro furioso.

E levantou o seu bastão sobre o santo homem, que cruzando os braços de encontro ao peito recebeu sem se mexer a pancada em pleno rosto, e depois repetiu suavemente:

— Faze o que te pedi, meu filho, peço-te.

Então o porteiro, todo trêmulo, murmurou:

— Quem é este homem que não teme o sofrimento?

E correu a avisar o seu senhor.

Nícias saía do banho. Lindas escravas passavam os esponjas sobre o seu corpo. Era um homem gracioso e sorridente. Uma expressão de doce ironia estava espalhada pelo seu rosto. À vista do monge, levantou-se e avançou para ele com os braços abertos:

— És tu, exclamou ele, Panuce, meu condiscípulo, meu amigo, meu irmão. Oh, eu reconheço-te, ainda que a dizer a verdade tu te tornastes mais semelhante a um animal do que a um homem. Abraça-me. Lembras-te tu, do tempo em estudamos juntos a gramática, a retórica e a filosofia? Achavam-te já de humor sombrio e selvagem, mas eu gostava de ti pela tua perfeita sinceridade. Nós dizíamos que tu vias o universo com os olhares ferozes de um cavalo, e que não era de admirar que tu fosses sombrio. Faltava-te um pouco de aticismo, mas a tua liberdade não conhecia limites. Não tinhas nenhum apego nem ao teu dinheiro nem à tua vida. E havia em ti um gênio bizarro, um espírito estranho que me interessava infinitamente. Sede bem-vindo, meu caro Panuce, depois de dez anos de ausência. Tu deixaste o deserto; tu renuncias às superstições cristãs, e tu renegas à antiga vida. Marcarei este dia com uma pedra branca.

"Crobile e Mirtale, acrescentou ele, voltando-se para as mulheres, perfumai os pés, as mãos e a barba do meu querido hóspede."

Já elas traziam sorrindo o jarro, os frascos e o espelho de metal. Mas Panuce, com um gesto imperioso, deteve-as e ficou com os olhos baixos para as não ver; porque elas estavam nuas. Entretanto Nícias apresentava-lhe coxins, oferecia-lhe pratos e diversas bebidas, que Panuce recusava com desprezo.

— Nícias, diz ele, eu não reneguei ao que tu chamas falsamente a superstição cristã, e que é a verdade das verdades. No começo era o Verbo e o Verbo estava em Deus e o Verbo era

Deus. Tudo foi feito por ele, e nada do que existe foi feito sem Ele. Nele estava a vida e a vida estava na luz dos homens.

— Caro Panuce, respondeu Nícias, que acabava de vestir uma túnica perfumada, pensas tu espantar-me recitando-me palavras, juntas sem arte e que não são senão um vão murmúrio? Esqueceste tu que eu mesmo sou alguma coisa filósofo? E pensas tu me contentar com alguns pedaços arrancados por homens ignorantes à púrpura de Amelius, quando Amelius, Pórfiro e Platão, com toda a sua glória, me não contentam. Os sistemas construídos pelos sábios não são senão contos imaginados para divertir a eterna infância dos homens. É preciso divertir-se com isso como com os contos do Burro, da Cuba da Matrona de Efeso e de qualquer outra fábula.

E, tomando o seu hóspede pelo braço, levou-o para uma sala onde milhares de papiros estavam enrolados nos seus cestos.

— Eis aqui a minha biblioteca, diz ele; contém uma fraca parte dos sistemas que os filósofos construíram para explicar o mundo. O próprio Serapeum, na sua riqueza, não os encerra todos. Oh, isso não são senão sonhos de doentes.

Forçou o seu hóspede a tomar lugar numa cadeira de marfim e aí sentou-se ele também. Panuce passou pelos livros da biblioteca um olhar sombrio e disse:

— É preciso queimá-los todos.

— Oh, bom hóspede, seria pena, respondeu Nícias. Porque os sonhos dos doentes são algumas vezes divertidos. Além disso, se fosse necessário queimar todos os sonhos e todas as visões dos homens, a terra perderia as suas formas e as suas cores, e nós adormeceríamos numa morna estupidez.

Panuce prosseguia com o seu pensamento.

— É certo que as doutrinas dos pagãos não são senão vãs mentiras. Mas Deus que é a verdade, revelou-se aos homens por milagres. E Ele fez-se carne e habitou entre nós.

Nícias respondeu:

— Tu falas excelentemente, querida cabeça de Panuce, quando dizes que se fez carne. Um Deus que pensa, que age, que fala, que anda pela natureza, como o antigo Ulisses pelo mar Glauco, é inteiramente um homem. Como pensas tu crer neste novo Júpiter, quando os rapazitos de Atenas, no templo de Péricles, não acreditavam já no antigo? Mas deixemos isso. Tu não vieste creio eu, para discutir sobre as três hipóteses. Que posso fazer por ti caro condiscípulo?

— Uma coisa inteiramente boa, respondeu o abade de Antinoé. Emprestar-me uma túnica perfumada semelhante à que acabas de vestir. Ajunta a essa túnica, por graça, sandálias douradas e um fio de azeite, para untar as minhas barbas e o meu cabelo. Convinha também que tu me desses uma bolsa com mil dracmas. Eis aqui, ó Nícias o que eu vim pedir-te por amor de Deus e em lembrança da nossa antiga amizade.

Nícias fez trazer por Crobile e por Mirtale a sua mais rica túnica; estava bordada com o estilo asiático, com flores e animais. As duas mulheres tinham-na aberta e faziam cintilar habilmente as suas cores, esperando que Panuce retirasse o cilício com que estava coberto até aos pés. Mas como o monge declarasse que mais depressa lhe arrancariam a carne do que esta vestimenta, passaram a túnica por cima. Como estas duas mulheres eram belas, não temiam os homens, ainda que fossem escravas. Puseram-se a rir da figura estranha que tinha o monge, assim ornamentado. Crobile chamava-lhe o seu querido satrapa, apresentando-lhe o espelho, e Mirtale puxava-lhe pela barba. Mas Panuce orava ao senhor e não as via. Tendo calçado as sandálias douradas e prendido a bolsa à sua cintura, disse a Nícias que o olhava sorridente:

— Oh, Nícias as coisas que tu vês não devem ser um escândalo para os teus olhos. Fica sabendo que farei um piedoso emprego desta túnica, desta bolsa e destas sandálias.

— Meu caro, respondeu Nícias, eu nunca suspeito o mal, porque eu julgo os homens igualmente incapazes de fazerem o mal ou o bem. O bem e o mal não existem senão na opinião. O sábio não tem, como razões de agir, senão o costume e o uso. Conformo-me com os preconceitos que reinam em Alexandria. É por isso que eu passo por um homem honesto. Vai comigo, e alegra-te.

Mas Panuce pensou que convinha advertir o seu hospedeiro dos seus desígnios.

— Tu conheces, lhe diz ele, essa Taís que representa nos jogo do teatro?

— Ela é bela, respondeu Nícias, e houve um tempo em que me era querida. Vendi por ela, um moinho e dois campos de trigo, e compus em sua felicidade três livros de detestáveis elegias. Certamente a beleza é o que há de mais poderoso no mundo; se fôssemos feitos para a possuir sempre, nós cuidaríamos tão pouco quanto possível do demiurgo, dos logos, dos eons e de todas as outras fantasias dos filósofos. Mas admiro, bom Panuce, que tu venhas do fundo da Tebaida falar-me de Taís.

E dizendo isto, suspirou longamente. E Panuce contemplava-o com horror, não podendo acreditar que um homem pudesse confessar tão tranqüilamente um tal pecado. Ele esperava ver a terra abrir-se e Nícias abismar-se nas chamas. Mas o solo ficou firme e o Alexandrino silencioso, com a fronte na mão, sorria tristemente às imagens da sua juventude. O monge tendo-se levantado, retomou a palavra com uma voz grave:

— Sabe pois, oh Nícias, que com a ajuda de Deus eu arrancarei esta Taís aos imundos amores da terra e a darei como esposa a Jesus Cristo. Se o espírito santo me não abandona, Taís deixará hoje esta cidade para entrar num mosteiro.

— Teme ofender Vênus, que é uma poderosa deusa. Ficará irritada contra ti se tu lhe arrebatas a mais ilustre das suas servas.

— Deus me protegerá, disse Panuce. Pudesse ele iluminar o teu coração, ó Nícias, e tirar-te do abismo em que estás mergulhado.

E saiu. Mas Nícias tinha-o seguido. Juntando-se a ele perto da porta, pousou-lhe a mão sobre o ombro e repetiu-lhe ao ouvido:

— Teme ofender Vênus; a sua vingança é terrível.

Panuce desdenhoso das insensatas palavras saiu sem voltar a cabeça. Os propósitos de Nícias não lhe inspiravam senão desprezo; mas o que ele não podia suportar, era a idéia de que o seu amigo de outrora tinha recebido as carícias de Taís. Parecia-lhe que pecar com esta mulher, era pecar mais detestavelmente do que com outra. E aí achava uma malícia singular, e Nícias estava para ele de ora em diante em execração. Tinha sempre aborrecido a impureza, mas certamente as imagens deste vício nunca lhe chegaram a aparecer a este ponto abomináveis; nunca tinha partilhado com tal afã a cólera de Jesus Cristo e a tristeza dos anjos.

Não inspirava com isso senão mais ardor em tirar Taís do meio dos gentios, e tardava-lhe em ver a comediante a fim de a salvar. Contudo era preciso esperar, para penetrar em casa desta mulher, que o grande calor do dia acabasse. Ora, a manhã há bem pouco tempo tinha acabado e Panuce caminhava pelos caminhos populosos. Tinha resolvido não tomar alimento algum neste dia a fim de mais merecer as graças do Senhor. Com a grande tristeza do seu coração não ousava entrar em nenhuma das igrejas da cidade que ele sabia estarem profanadas pelos arianos, que tinham deitado abaixo a mesa do Senhor. Com efeito, estes heréticos, sustentados pelo imperador do Oriente, tinham posto fora o patriarca Atanase da sua sede episcopal e enchiam de perturbação e de confusão os cristãos de Alexandria.

Caminhava pois à aventura, ora tendo os seus olhares fixos na terra por humildade, ora levantando os olhos para o céu como em êxtase. Depois de ter errado algum tempo encontrou-se num dos cais da cidade. O porto artificial abrigava diante dele inumeráveis navios de sombrias querenas, ao passo que sorria ao largo, no azul prateado, o pérfido mar. Uma galera que trazia uma Nereida à sua proa, acabava de levantar a âncora. Os remadores batiam na água cantando; já a branca filha das águas, coberta de pérolas úmidas, não se deixava ver ao monge senão em fugitivo perfil: franqueou, conduzida pelo seu piloto, a estreita passagem aberta sobre a bacia do Eunostos e ganhou o alto mar; deixando atrás de si um sulco florido.

— Eu também, pensava Panuce, desejei outrora embarcar cantando sobre o oceano do mundo. Mas em breve conheci a minha loucura e a Nereida não me levou.

Pensando de tal sorte, sentou-se sobre as cordas em montões dos barcos e adormeceu. Durante o seu sono teve uma visão. Pareceu-lhe ouvir o som de uma trombeta retumbante e, o céu tendo-se tornado da cor do sangue, compreendeu que os tempos tinham vindo. Como orava a Deus com grande fervor viu um animal enorme que vinha direito a ele, trazendo na fronte uma cruz de luz, e reconheceu a Esfinge de Silsilé. O animal agarrou-o entre os dentes sem lhe fazer mal algum e levou-o pendurado na boca assim como as gatas têm o costume de fazer com os seus filhos. Panuce percorreu assim muitos reinos, atravessando os rios e franqueando as montanhas, e chegou a um lugar desolado, coberto de rochas temíveis e de cinzas quentes. O sol despedaçado em muitos lugares, deixava passar pelas suas bocas um hálito abrasador. O animal pousou docemente Panuce em terra e disse-lhe:

— Olha.

E Panuce inclinando-se sobre a borda do abismo, viu um rio de fogo que rolava no interior da terra, entre uma dupla escarpada de rochas negras. Aí, numa luz lívida, demônios atormentavam as almas. As almas guardavam a aparência dos corpos que as tinham contido, e mesmo pedaços de fatos aí estavam presos. Estas almas pareciam estar em paz no meio dos tormentos. Uma delas, grande, branca, com os olhos fechados, com uma banda na fronte, com um cetro na mão, cantava; a sua voz enchia de harmonia a estéril ribeira; cantava os deuses e os heróis. Pequenos diabos verdes lhe rasgavam os lábios, e a garganta com ferros vermelhos. E a sombra de Homero cantava ainda. Não longe, o velho Anaxogore, calvo e encanecido, traçava a compasso figuras sobre a poeira. Um demônio deitava-lhe azeite a ferver no ouvido sem poder interromper as meditações do sábio. E o monge descobriu uma multidão de pessoas que, sobre a sombria ribeira, ao longo do rio ardente, lia ou meditava com tranqüilidade, ou conversavam passeando, assim como os mestres e discípulos, à sombra dos plátanos da Academia. Somente o velho Tímocles estava afastado desta turba e abanava a cabeça como que negando. Um anjo do abismo agitava uma tocha sobre os seus olhos e Tímocles não queria ver nem o anjo, nem a tocha.

Mudo de surpresa por este espetáculo, Panuce voltou-se para o animal. Ele tinha desaparecido, e o monge viu em lugar da Esfinge uma mulher velada, que lhe disse:

— Olha, e compreende: Tal é a teimosia destes infiéis, que estão no inferno, vítimas das ilusões que os seduziram sobre a terra. A morte não lhes tirou os seus vícios, porque está bem claro que não basta morrer para ver Deus. Esses que ignoravam a verdade entre os homens, a ignorarão sempre. Os demônios que se encarnam à roda destas almas, que são eles senão as formas da justiça divina? É por isso que estas almas não a vêem, não a sentem. Estranhos a toda a verdade, não conhecem a sua própria condenação, e o próprio Deus não os pode obrigar ao sofrimento.

— Deus pode tudo, disse o abade de Antinoé.

— Ele não pode o absurdo respondeu a mulher velada. Para os punir, era preciso alumiá-los e se eles possuíssem a verdade seriam semelhantes aos eleitos.

Entretanto Panuce cheio de inquietação e de horror, inclinava-se de novo sobre o abismo. Acabava de ver a sombra de Nícias que sorria, com a fronte cingida de flores, sob mirtos em cinza. Perto dele Aspásia de Mileto, elegantemente apertado no seu manto de lã, parecia falar ao mesmo tempo de amor e de filosofia, tanto a expressão do seu rosto era ao mesmo tempo doce e nobre. A chuva de fogo que caía sobre eles era para eles um orvalho refrigerante, e os seus pés moviam-se sobre o solo abrasador como sobre a tenra erva. Panuce a esta vista apoderou-se de furor.

— Fere meu Deus, exclamou ele, fere, é Nícias. Que chore, que gema, que ranja os dentes... Pecou com Taís...

E Panuce acordou nos braços de um robusto marinheiro tão forte como Hércules que o tirava da areia gritando:

— Paz, paz amigo. Por Protea, velho pastor de focas, tu dormes com agitação. Se eu te não tivesse segurado, terias caído no Eunostos. Assim é tão verdade que minha mãe vendia peixes salgados como eu te salvei a vida.

— Agradeço muito a Deus, respondeu Panuce.

E, tendo-se posto de pé, caminhou direito diante de si, meditando sobre a visão que tinha atravessado o seu sono.

— Esta visão, disse ele consigo mesmo, é manifestamente má; ela ofende a bondade divina, representando o inferno como desnudado da realidade. É certo que vem do diabo.

Raciocinava assim porque sabia distinguir os sonhos que Deus envia dos que são produzidos pelos maus anjos. Uma tal distinção é útil ao solitário que vê sem cessar à roda de si aparições, porque fugindo dos homens está-se seguro de encontrar espíritos. Os desertos estão povoados de fantasmas. Quando os peregrinos se aproximavam do castelo em ruínas onde se tinha retirado o santo ermitão Antônio, ouviam clamores como aqueles que se ouvem nas praças das grandes cidades, nas noites de festa. E estes clamores eram impelidos pelos diabos que tentavam este santo homem.

Panuce lembrou-se deste memorável exemplo. Lembrou-se de S. João no Egito que, durante 60 anos, o diabo quis seduzir com os prestígios. Mas João zombava das astúcias do inferno. Portanto um dia o demônio, tendo tomado a figura de um homem, entrou na gruta do venerável João e disse-lhe: "João tu prolongarás o teu jejum até amanhã à noite." E João obedeceu, julgando ouvir um anjo, obedeceu à voz do demônio, e jejuou no dia seguinte, até às ave-marias. Foi a única vitória que o príncipe das trevas pôde jamais ter sobre o santo João do Egito, e esta vitória é pequena. É por isso que não deve haver espantos se Panuce reconheceu imediatamente a falsidade da visão que tinha tido durante o seu sono.

Enquanto censurava meigamente a Deus de o ter abandonado ao poder dos demônios, sentia-se impelido e levado por uma turba imensa de homens que corriam todos para o mesmo sítio. Como tinha perdido o hábito de andar nas cidades, era baldeado de um passante para outro, assim como uma massa inerte; e, tendo-se embaraçado nas pregas da sua túnica, julgou cair muitas vezes. Desejoso de saber onde iam todos estes homens, perguntou a um deles a causa desta pressa.

— Estrangeiro, não sabes tu, lhe respondeu este, que os jogos vão começar e que Taís aparecerá em cena? Todos estes cidadãos vão ao teatro, e eu aí vou também. Agradate, o acompanhares-me?

Vendo logo que era conveniente aos seus desígnios ver Taís nos jogos, Panuce seguiu o estrangeiro. Já o teatro ostentava diante eles o seu pórtico ornado de máscaras espantosas, e a sua vasta muralha redonda, povoada de inumeráveis estatuas. Seguindo a multidão, meteram por um estreito corredor ao fim do qual se estendia o anfiteatro deslumbrante de luz. Tomaram o seu lugar numa das fileiras de grades que desciam em escada para a cena, ainda sem atores, mas magnificamente decorada. A vista não era impedida por um pano de cena e aí se notava um cômoro semelhante aos que os antigos dedicavam às sombras dos heróis. Este cômoro elevava-se no meio de um campo. Feixes de lanças estavam formados nas tendas e escudos de ouro pendiam de mastros, entre ramos de loureiro e coroas de carvalho. Aí, tudo era silêncio e sono. Mas um zumbido semelhante ao ruído que fazem as abelhas no cortiço, enchia o hemiciclo carregado de espectadores. Todos os rostos, vermelhos pelos reflexos do véu de púrpura que os cobria com os seus longos tremores, voltavam-se, com uma expressão de quem espera uma coisa curiosa, para este grande espaço silencioso, cheio por um túmulo e por tendas. As mulheres riam comendo limões, e os familiares dos jogos interpelavam-se alegremente, de uma grade para a outra.

Panuce orava devagarzinho, e não dizia palavras vãs, mas o seu vizinho começou a queixar-se da decadência do teatro.

— Outrora, diz ele, hábeis atores declamavam sob a máscara os versos de Eurípedes e de Menandro. Agora já se não recitam os dramas, e macaqueiam-nos e dos divinos espetáculos com que Baco se honrou em Atenas nós não guardamos senão o que um bárbaro, e mesmo um cita pode compreender: a atitude e o gesto. A máscara trágica, cuja embocadura armada de lanças de metal, aumentava o som das vozes, o coturno que elevava os personagens ao talhe dos deuses, a majestade trágica e o canto de lindos versos, tudo se foi. Mimos, bailarinas, com o rosto descoberto substituem Palus e Roscius. Que diriam os Atenienses de Péricles, se tivessem visto mostrar-se em cena uma mulher? É indecente que uma mulher apareça em público. Nós somos bem degenerados para o suportar.

Tão verdade como eu chamar Dorion, a mulher é a inimiga do homem e a vergonha da terra.

— Tu falas sisudamente, replicou Panuce, a mulher é a nossa pior inimiga. Ela dá o prazer e é nisso que ela é temível.

— Pelos deuses imóveis, exclamou Dorion, a mulher traz aos homens não o prazer, mas a tristeza, a perturbação e os negros cuidados. O amor é a causa dos nossos piores males. Ouve, estrangeiro: Eu fui na minha mocidade, a Trézenena Argólida, e vi lá um mirto de uma grossura prodigiosa, cujas folhas estavam cobertas de inúmeras picadas. Ora, eis o que contam os Trezenianos em relação a este mirto: A rainha Fedra, no tempo em que ela amava Hipólito, ficava todo o dia languidamente deitada sobre esta mesma árvore que ainda hoje se vê. No seu aborrecimento mortal, tendo tirado o alfinete de ouro que segurava os seus louros cabelos, espicaçava as folhas do arbusto de bagas odoríferas. Todas as folhas foram assim crivadas de picadelas. Depois de ter perdido o inocente que ela perseguia com um amor incestuoso, Fedra, tu o sabes, morreu miseravelmente. Encerrou-se no seu quarto nupcial e enforcou-se com a seu cinto de ouro que prendeu a um gancho de marfim. Os deuses quiseram que o mirto, testemunha de uma tão cruel miséria, continuasse a ter nas suas folhas novas as picadas de agulhas. Eu colhi uma destas folhas: coloquei-a à cabeceira de meu leito, afim de ser sem cessar advertido pela sua vista de não mais me abandonar aos furores do amor e para me confirmar na doutrina de Epicuro, meu mestre, que ensina que o desejo é de temer. Mas para falar com verdade, o amor é uma doença de fígado e nunca se está seguro de não se cair doente.

Panuce perguntou:

— Dorion, quais são os teus prazeres?

Dorion respondeu tristemente:

— Eu não tenho senão um só prazer e convenho que não é muito vivo; é a meditação. Com um mau estômago não se devem procurar outros.

Atendendo a estas últimas palavras, Panuce empreendeu iniciar o epicuriano nas alegrias espirituais que procura a contemplação de Deus. Ele começou:

— Compreendes a verdade, Dorion, e recebes a luz.

Quando ele falava de tal sorte, viu de todas as partes cabeças e braços voltados para ele, ordenando-lhe que se calasse. Um grande silêncio se tinha feito no teatro e em breve se ouviram os sons de uma música heróica.

41

Os jogos começavam. Viam-se soldados sair das tendas e preparar-se para a partida quando, por um prodígio terrível uma nuvem cobre o cume da colina funerária. Depois, de esta nuvem se ter dissipado, a sombra de Aquiles apareceu, coberta com uma armadura de ouro. Estendendo o braço para os guerreiros, parecia dizer-lhes: "O que, vós partis, filhos de Danaos; voltais para a pátria que eu já não mais verei e deixais o meu túmulo sem ofertas. Já os principais chefes dos gregos se apertavam ao pé do cômoro. Acanas, filho de Teseu, o velho Nestor, Agamenon, trazendo o cetro e as faixas, contemplavam o prodígio. O jovem filho de Aquiles, Pirrus, tinha-se prostado na poeira. Ulisses que se reconhecia pelo seu borret donde se escapava a sua cabeleira encaracolada, mostrava pelos seus gestos que aprovava a sombra do herói. Disputava com Agamenon e adivinhavam-se as suas palavras:

— Aquiles, dizia o rei da Ítaca, é digno de ser honrado entre nós, ele que morreu gloriosamente pela Helade. Pede que a filha de Príamo, a virgem Polixena seja imolada sobre a sua tumba. Danaenses, contentai os manes do herói, e que o filho de Pelea se alegre no Hades.

— Poupemos as virgens troianas que nós arrancamos dos altares. Bastantes males já caíram sobre a raça ilustre de Príamo.

Falava assim porque partilhava o leito da irmã de Polyxena, e o sábio Ulisses censurava-o de preferir o leito de Cassandra à lança de Aquiles.

Todos os gregos o aprovaram com um grande ruído de armas entrechocadas. A morte de Polixena foi resolvida e a sombra apaziguada de Aquiles desvaneceu-se. A música ora furiosa, ora lastimante, seguia o pensamento dos personagens. A assistência rebentou em aplausos.

Panuce, que relacionava tudo com a verdade divina, murmurou:

— Vê-se por esta fábula, quanto os adoradores dos falsos deuses eram cruéis.

— Todas as religiões dão lugar a crimes, lhe respondeu o Epicuriano. Por felicidade um grego divinamente sábio vem libertar os homens dos vãos terrores do desconhecido...

Entretanto Hecuba, com os seus brancos cabelos esparsos, as suas vestes em pedaços, saía da tenda onde estava cativa. Houve um longo suspiro quando se viu aparecer esta perfeita imagem da desgraça. Hecuba, advertida por um sonho profético, temia pela sua filha e por si mesma. Ulisses estava já perto dela e pedia-lhe Polixena. A velha mãe arrancava os cabelos, rasgava as faces com as unhas e beijava as mãos deste homem cruel que, guardando a sua impiedosa doçura, parecia dizer:

— Tem juízo, Hecuba, e cede à necessidade. Há também nas nossas casas velhas mães que choram os seus filhos adormecidos para sempre debaixo dos pinheiros da Ida.

E Cassandra, rainha outrora da florescente Ásia, agora escrava, sujava de poeira a sua cabeça infortunada.

Mas eis que, levantando a tela da tenda, se mostra a virgem Polixena. Um frêmito unânime agitou os espectadores. Tinham reconhecido Taís. Panuce reviu aquela que vinha procurar. Com o seu braço branco, ela retinha acima da sua cabeça o pesado reposteiro. Imóvel, semelhante a uma bela estátua, mas passando à roda de si um passível olhar com os seus olhos de violeta, meiga e imponente, dava a todos os frêmito trágico da beleza.

Um murmúrio de louvor se elevou e Panuce com a alma agitada, contendo o coração com as mãos, suspirou:

— Porque é que, ó meu Deus, tu deste este poder a uma das tuas criaturas?

Dorion mais passível, dizia:

— Certamente, os átomos que se associam momentaneamente para compor esta mulher apresentam uma combinação agradável à vista. Não é senão um jogo da natureza e estes átomos não sabem o que fazem. Separar-se-ão um dia com a mesma indiferença com que se uniram. Onde estão

43

agora os átomos que formaram Laís ou Cleópatra? Não deixo de convir: as mulheres são algumas vezes belas. Mas são submetidas a disgraciosidades desagradáveis e a incômodos enfadonhos. É o que pensam os espíritos meditativos, enquanto o vulgar dos homens a isso não atende. E as mulheres inspiram o amor ainda que seja fora da razão o amá-las.

Assim o filósofo e o asceta contemplavam Taís e seguiam o seu pensamento. Não tinham visto nem um nem outro a Hecuba voltada para a sua filha, e dizer-lhe com os seus gestos:

— Experimenta abrandar o cruel Ulisses. Faz falar as tuas lágrimas, a tua beleza e a tua juventude.

Taís, ou antes Polixena ela mesmo deixou cair a cortina da tenda. Deu um passo e todos os corações ficaram domados. E quando com um andar nobre e leve, avançou para Ulisses, o ritmo dos seus movimentos, que acompanhava o som das flautas, fazia sonhar em toda uma ordem de coisas felizes, e parecia que ela era o centro divino das harmonias do mundo. Já não iam senão a ela e tudo o mais estava perdido no seu irradiar. No entanto a ação continuava.

O prudente filho de Laerta voltava a cabeça e escondia a mão debaixo do seu manto, a fim de evitar os olhares, os beijos da suplicante. A virgem faz-lhe sinal de já não temer. Os seus olhares tranqüilos diziam:

— Ulisses, eu te seguirei para obedecer à necessidade e porque eu quero morrer. Filha de Príamo e irmã de Heitor, a minha geração outrora julgada digna dos reis, não receberá um mestre estranho. Eu renuncio livremente à luz do dia.

Hecuba, inerte na poeira, levantou-se em breve e agarrou-se à sua filha cingindo-a com desespero. Polixena tirou com uma doçura resoluta os velhos braços que a ligavam. Parecia que a ouviam:

— Mãe, não te exponhas aos ultrajes do senhor. Não esperes que, arrancando-te a mim, te arraste indignamente. Antes, mãe bem-amada, estende-me esta mão enrugada e aproxima as tuas faces cavadas dos meus lábios.

A dor era bela no rosto de Taís; a multidão mostrava-se reconhecida a esta mulher por assim revestir com uma graça sobre-humana as formas e trabalhos da vida, e Panuce, perdoando-lhe o seu esplendor presente, em vista da sua humildade próxima, gloriava-se de antemão com a santa que ia dar ao céu.

O espetáculo tocava à dedicação. Hecuba caiu como morta e Polixena, conduzida por Ulisses, avançou para o túmulo que a elite dos guerreiros rodeava. Ela subiu, ao ruído dos cantos de defuntos, o cômoro funerário no cume do qual o filho de Aquiles fazia, numa taça de ouro, libações aos manes do herói. Quando os sacrificadores levantaram os braços para a agarrar, ela fez sinal que queria morrer livre, como convinha à filha de tantas gerações de reis. Depois rasgando a sua túnica, mostrou o lugar do seu coração. Pirro aí mergulhou a sua lâmina voltando a cabeça, e, por um hábil artifício, o sangue saiu às golfadas do peito ardente da virgem que, com a cabeça inclinada e com os olhos nadando no horror da morte, caiu com decência. Enquanto os guerreiros velavam a vítima e a cobriam de lírios e de anêmonas, gritos de terror e soluços despedaçavam o ar, e Panuce, levantado sobre o seu banco, profetizava com uma voz retumbante:

— Gentios, vis adoradores dos demônios. E vós arianos mais infames do que os idólatras, instrui-vos. O que acabais de ver é uma imagem e um símbolo. Esta fábula encerra um sentido místico e em breve a mulher que vedes lá embaixo será imolada, hóstia bem feliz ao Deus ressuscitado.

Já a multidão saía em ondas sombrias pelos vomitórios. O abade de Antinoé, escapando a Dorion surpreendido, alcançou a saída, profetizando ainda.

Uma hora depois, batia à porta de Taís.

A comediante habitava então no rico bairro de Racotis, perto do túmulo de Alexandre, numa casa rodeada de jardins cheios de sombra, nos quais se elevavam rochedos artificiais e corria um regato marginado de plátanos. Uma velha escrava preta, veio abrir-lhe a porta e perguntou-lhe o que queria.

— Eu quero ver Taís, respondeu ele. Deus é testemunha de que eu não vim aqui senão para a ver.

Como ele trazia uma rica túnica e como falava imperiosamente a escrava fê-lo entrar.

— Tu encontrarás Taís, diz ela, na gruta das Ninfas.

O PAPIRO

Taís nascera de pais livres e pobres, dados à idolatria. No tempo em que ela era pequena, o seu pai governava em Alexandria, perto da porta da Lua, num cabaré que era freqüentado pelos marinheiros. Certas lembranças vivas e destacadas lhe ficavam da sua primeira infância. Revia o seu pai sentado ao canto da lareira com as pernas cruzadas, grande, temível e tranqüilo tal como um destes velhos Faraós que celebram os queixumes cantados pelos cegos nas praças. Revia também a sua, magra e triste mãe, errando como um gato esfaimado na casa, que enchia com os gritos da sua voz aguda e áspera e com clarões de fósforo dos seus olhos. Contava-se no bairro que ela era mágica e que se mudava em coruja, à noite, para juntar os seus amantes. Mentiam. Taís sabia bem, por tê-la muitas vezes espiado, que a sua mãe não se entregava de maneira alguma às artes mágicas, mas que devorada de avareza, contava toda a noite o ganho do dia. Este pai inerte e esta mãe ávida deixavam-na procurar a sua vida como os animais de pátio. Assim ela se tornou bastante hábil para tirar um a um os óbolos da cintura dos marinheiros bêbados, divertindo-os com canções simples e com palavras infames de que ela ignorava o sentido. Passava de joelhos para joelhos na sala inundada de odores de bebidas fermentadas e de outras resinosas; depois com as faces lambuzadas de cerveja e com a cara pisada pelas barbas rudes, fugia, apertando os óbolos na sua pequenina mão e corria a comprar bolos a uma velha sentada atrás dos seus cestos sob a porta da Lua. Eram todos os dias as mesmas cenas: os marinheiros, contando os seus perigos quando o Euras abalava as algas submarinas, depois jogando aos

47

dados e aos pequenos ossinhos e pediam, blasfemando contra os deuses, a melhor cerveja da Cilícia.
    Todas as noites, a criança era acordada pelas rixas dos bebedores. As conchas das ostras, voando por cima das mesas, fendiam as frontes, no meio dos urros furiosos. Algumas vezes, ao clarão das lâmpadas fumosas, ela via brilhar as navalhas e o sangue jorrar.
    Os seus verdes anos não conheciam a bondade humana senão pelo bom Amés a quem ela estava sujeita. Amés, o escravo da casa, núbio mais negro do que a marmita que escumava gravemente, era bom como uma noite de sono. Muitas vezes punha Taís sobre os seus joelhos e contava-lhe antigas histórias onde haviam subterrâneos cheios de tesouros, construídos por reis avarentos, que davam a morte aos obreiros e aos arquitetos. Havia também, nestes contos, hábeis ladrões que se casavam com filhas de reis e cortesãs que elevavam pirâmides. A pequena Taís amava Amés como um pai, como uma mãe, como uma ama e como um cão. Ela agarrava-se à tanga do escravo e seguia-o até ao celeiro das ânforas e ao pátio, entre os frangos magros e eriçados, só com bico, unhas e penas, que voltejavam mais do que aguiazinhas diante da faca do cozinheiro preto. Muitas vezes à noite, sobre a palha, em lugar de dormir, construía para Taís pequenos moinhos de água e navios do tamanho da mão com todos os seus apetrechos.
    Cheio de maus tratos pelos seus senhores, tinha uma orelha rasgada e o corpo sulcado de cicatrizes. No entanto o seu rosto guardava um ar passível e alegre. E ninguém perto dele pensava em perguntar-lhe donde tirava a consolação da sua alma e a paz do seu coração. Era tão simples como uma criança. Enquanto cumpria com os seus grosseiros trabalhos, cantava com uma voz débil cânticos que faziam passar na alma da criança frêmitos e sonhos. Murmurava com um tom grave e alegre:
    — *Diz-nos, Maria, que viste tu, donde vens?*

— *Eu vi o sudário e as vestes brancas e os anjos sentados sobre o túmulo.*
E eu vi a glória do Ressuscitado.
Ela perguntava-lhe:
— Pai, porque cantas tu os anjos sentados sobre o túmulo?
E ele respondia-lhe:
— Pequenina luz dos meus olhos, eu canto os anjos, porque Jesus Nosso Senhor subiu ao céu.

Amés era cristão. Tinha recebido o batismo, e chamaram-no Teodoro nos banquetes dos fiéis, onde ele ia secretamente durante o tempo que lhe deixavam para o seu sono.

Nesse tempo a igreja suportava a prova suprema. Por ordem do imperador, as basílicas foram deitadas abaixo, os livros sagrados queimados, os vasos sagrados e os candelabros fendidos. Despojados das suas honras, os cristãos não esperavam senão a morte. O terror reinava na comuna de Alexandria; as prisões regurgitavam de vítimas. Contava-se com terror, entre os fiéis, que na Síria, na Arábia, na Mesopotâmia, em Capadocia, por todo o império, os chicotes, os cavaletes, as unhas de ferro, a cruz, e os animais ferozes despedaçavam os pontífices e as virgens. Então Antônio, já celebre pelas suas visões e solidões, chefe e profeta dos crentes do Egito, vem como a águia do alto do seu rochedo selvagem sobre Alexandria, e, voando de igreja em igreja, abrasou com o seu fogo toda a comunidade. Invisível para os pagãos, apresentava-se ao mesmo tempo em todas as assembléias dos cristãos, soprando a todos, o espírito da força e da prudência de que ele estava animado. A perseguição exercia-se com um particular rigor sobre os escravos. Muito deles, transidos de medo, renegaram a sua fé. Outros, e estes em muito maior número, fugiram para o deserto, esperando aí viver, quer da contemplação, quer das rapinas. Entretanto Amés freqüentava como de costume as assembléias, visitava os prisioneiros, enterrava os mártires, e professava com alegria a religião de Cristo. Testemunha deste zelo verdadeiro o grande Antônio, antes de voltar para o deserto, estreitou o escravo preto nos seus braços e deu-lhe o beijo da paz.

Quando Taís fez sete anos, Ahmés começou a falar-lhe de Deus.

— O bom Senhor Deus, lhe diz ele, vivia no céu como um Faraó debaixo das tendas do seu harém e debaixo das árvores dos seus jardins. Era o antigo dos antigos e mais velho do que o mundo, e não tinha senão um filho, o príncipe Jesus, a quem ele amava com todo o seu coração e que passava em beleza a todas as virgens e anjos. E o bom Senhor Deus disse, ao príncipe Jesus:

"— Deixa o meu harém e o meu palácio, as minhas tamareiras e as minhas fontes vivas. Desce à terra para o bem dos homens. Tu serás semelhante a uma pequena criança e tu viverás pobre entre os pobres. O sofrimento será o teu pão de cada dia e tu chorarás com tanta abundância que as tuas lágrimas formarão rios onde o escravo fatigado se banhará deliciosamente. Vai, meu filho.

"O príncipe Jesus obedeceu ao bom Senhor e veio à terra a um lugar chamado Belem de Judá. E passeava nos prados floridos de anêmonas, dizendo aos seus companheiros:

"— Felizes os que têm fome, porque a esses os levarei à mesa de meu pai. Felizes os que têm sede, porque eles beberão das fontes do céu. Felizes os que choram, porque lhes enxugarei os olhos com véus mais finos do que os das bailadeiras.

"É por isso que os pobres o amavam e criam nele. Mas os ricos o aborreciam, temendo que elevasse os pobres acima deles. Nesse tempo Cleópatra e César eram poderosos sobre a terra. Aborreciam ambos o doce Jesus e ordenaram aos juízes e aos padres que o fizessem morrer. Para obedecer à rainha do Egito, os príncipes da Síria elevaram uma cruz sobre uma alta montanha e fizeram morrer Jesus sobre esta cruz. Mas as mulheres lavaram o corpo e o enterraram, e o príncipe Jesus, tendo quebrado a tampa do túmulo, subiu de novo para o bom senhor seu Pai.

"E desde esta época todos os que morrem vão para o céu.

"O Senhor Deus, abrindo os braços, lhes diz:

"— Sede bem-vindos, visto que amais o príncipe meu filho. Tomai um banho e depois comei.

"Eles tomarão o seu banho ao som de uma bela música e, durante o seu repasto, verão danças de almas e ouvirão histórias que não acabarão nunca. O bom Senhor Deus os terá mais caros que a luz dos seus olhos, visto que serão os seus hóspedes e terão uma parte dos seus tapetes do seu caravançará e das romãs de seus jardins".

Amés falou muitas vezes desta maneira e foi assim que Taís conheceu a verdade. Ela admirava e dizia:

— Eu quereria também comer romãs do bom Senhor.

Amés lhe respondia:

— Somente os que são batizados em Jesus, provarão os frutos do céu.

E Taís pediu para ser batizada. Vendo por aí que ela tinha esperança em Deus, o escravo resolveu instruí-la mais profundamente, a fim de que sendo batizada, ela entrasse na igreja. Ligou-se estreitamente a ela como a sua filha em espírito.

A criança sem cessar repelida pelos seus pais injustos, não tinha leito debaixo do teto paternal. Dormia a um canto da cavalariça entre os animais domésticos. Era aí que todas as noites Amés se ia juntar a ela secretamente.

Aproximava-se docemente da palha onde ela repousava e depois sentava-se sobre os seus calcanhares, com as pernas dobradas, o busto direito, na atitude hereditária de toda a sua raça. O seu corpo e o seu rosto, vestido de preto, ficavam perdidos nas trevas; somente os seus grandes olhos brancos brilhavam e saíam deles um clarão semelhante a um raio da aurora através das fendas de uma porta. Falava com uma voz débil e cantante, de que o nasalamento leve tinha doçura triste das músicas que se ouvem à noite nas ruas. Algumas vezes, o bagejo de um burro e o doce mugido de um boi acompanhavam, como um choro de obscuros espíritos, a voz do escravo que dizia o Evangelho. As suas palavras coavam-se passivamente na sombra que impregnava de zelo, de graça e de esperança; e a neófita, com a mão na mão de Amés, embalada pelos sons monótonos e vendo vagas imagens, adormecia calma e sorridente, entre as harmonias da noite obscura e dos santos mistérios, debaixo do olhar de uma estrela que cintilava entre as fendas da estrebaria.

A iniciação durou um ano inteiro, até à época em que os cristãos celebram com alegria as festas da páscoa. Ora uma noite de "semana gloriosa", Taís, que dormitava já na granja, sentiu-se levantada pelo escravo de quem o olhar brilhava com um clarão estranho e novo. Já não estava vestido como de costume com uma tanga em pedaços, mas com um longo manto branco sob o qual estreitava a criança dizendo-lhe baixinho:

— Vem minha alma, vem meus olhos, meu pequeno coração, vem vestir as vestes do batismo. E levou a criança estreitando-a de encontro ao seu peito. Temerosa e curiosa, Taís, com a cabeça fora do manto, segurava-se ao pescoço do seu amigo que corria na noite escura. Seguiram negras ruelas; atravessaram o bairro dos judeus; contornaram um cemitério onde a águia marinha (*Xofrango*) dava um grito sinistro. Passaram numa praça, sob cruzes das quais pendiam os corpos dos supliciados e cujos braços estavam carregados de corvos que estalavam com o bico. Taís escondeu a sua cabeça no peito do escravo. Nada mais ousou ver durante o resto do caminho. De repente pareceu-lhe que descia para debaixo da terra. Quando reabriu os olhos, achou-se numa estreita escavação, alumiada com tochas de resina e de que as paredes estavam pintadas com figuras direitas que pareciam se animar debaixo do fumo das tochas. Viam-se homens vestidos do longas túnicas e trazendo palmas, no meio de cordeiros, de pombas e de pâmpanos.

Taís entre estas figuras reconheceu Jesus de Nazaré aos pés do qual floresciam as anêmonas. No meio da sala, perto de uma grande cuba de pedra cheia de água até ao bordo, estava um velho com uma mitra baixa e vestido com uma dalmática escarlate, bordada a ouro. Do seu magro rosto pendia uma longa barba. Tinha o ar humilde e meigo debaixo do seu rico hábito. Era o bispo Vivantius que, príncipe exilado da igreja de Cimene, exercia para viver, o ofício de tecelão e fabricava grosseiros estofos de pêlo de cabra. Duas pobres crianças estavam de pé ao seu lado. Muito perto uma velha negra apresentava desdobrada uma pequena veste branca. Amés tendo colocado a criança no chão, ajoelhou diante do bispo e disse:

— Meu pai, eis a pequena alma, a filha da minha alma. Eu trago-te a fim de que, segundo a tua promessa e se agrada à tua Serenidade, tu lhe dês o batismo da vida.

A estas palavras, o bispo, tendo aberto os braços, deixou ver as suas mãos mutiladas. Tinha tido as unhas arrancadas, confessando a fé nos dias das grandes provações. Taís teve medo e lançou-se nos braços de Amés. Mas o padre tranqüilizou-a com palavras acariciadoras:

— Não tenhas medo, filha bem amada. Tu tens aqui um pai segundo o espírito, Amés, que se chama Teodoro entre os vivos, e uma meiga mãe, na graça que te preparou com suas próprias mãos uma veste branca.

E voltou-se para a preta:

— Ela chama-se Nítida, acrescentou ele; é escrava sobre a terra. Mas Jesus a elevará ao céu na conta das suas esposas.

Depois interrogou a criança neófita:

— Taís, crês tu em Deus, o pai todo poderoso, no seu filho único que morreu para nossa salvação e em tudo o que ensinam os apóstolos?

— Sim responderam o preto e a preta que se davam as mãos.

Por ordem do bispo, Nítida ajoelhada, despojou Taís de todas as suas roupas. A criança estava nua, com um amuleto ao pescoço. O pontífice mergulhou-a três vezes na cuba batismal. Os acólitos apresentaram o óleo com o qual Vivantius fez as unções e o sal do qual pousou um grão nos lábios da catecúmena. Depois tendo enxugado este corpo destinado, através de tantas provas à vida eterna, a escrava Nítida revestiu-o com a veste branca que ela tinha tecido com as suas próprias mãos.

O bispo deu a todos o beijo da paz e, terminada a cerimônia, despojou-se dos seus ornamentos sacerdotais.

Quando todos estavam fora da cripta, Amés disse:

— É preciso alegrarmo-nos neste dia por termos dado uma alma ao bom Senhor Deus; vamos para a casa onde habita a tua Serenidade, pastor Vivantius, e entreguemo-nos à alegria todo o resto da noite.

— Tu falaste bem, Teodoro, respondeu o bispo.

E guiou o pequeno grupo para a sua casa que era muito perto. Compunha-se de um só quarto, mobiliado com dois teares de tecelão, de uma mesa grosseira e com um tapete todo usado. Logo que aí entraram:

— Nítida, gritou o núbio, traz a frigideira e a jarra de azeite, e façamos uma boa refeição.

Falando assim, tirou debaixo do seu manto pequenos peixes que aí tinha escondidos. Depois tendo aceso um bom fogo, fê-los fritar. E, todos, o bispo, a criança, os dois rapazes e os dois escravos, sentaram-se em círculo sobre o tapete, comeram os peixes fritos e abençoaram o Senhor. Vivantius falava do mártir que tinha sofrido e anunciava o triunfo próximo da igreja. A sua linguagem era rude, mas cheia de jogos de palavras e de figuras. Comparava a vida dos justos a um tecido de púrpura e, para explicar o batismo, dizia:

— O Espírito Santo flutua sobre as águas, e é por isso que os cristãos recebem o batismo da água. Mas os demônios habitam também nos regatos; as fontes consagradas às ninfas são para temer e vêem-se que diversas águas trazem diversas doenças do corpo e da alma.

Algumas vezes exprimia-se por enigmas e inspirava assim à criança profunda admiração. No fim da refeição, ofereceu um pouco de vinho aos seus hóspedes onde as línguas deliraram e puseram-se a cantar queixumes e cânticos. Amés e Nítida, tendo-se levantado, dançaram uma dança nubiana que tinham aprendido quando eram crianças, e que se dançava sem dúvida na tribo desde as primeiras idades do mundo. Era uma dança amorosa; agitando os braços e todo o corpo agitado em cadência, fingiam a cada volta fugirem um ao outro ou a se procurarem. Faziam-se bonitos olhos e mostravam no sorrir os grandes dentes brilhantes.

Foi assim que Taís recebeu o santo batismo.

Ela gostava dos divertimentos e à medida que crescia, vagos desejos cresciam nela. Dançava e cantava todo o dia nas rodas das crianças errantes das ruas, e voltava à noite para casa de seu pai cantando ainda:

— *Torti tortu, pourquoi gardes-tu la Maison?*
— *Je dévide la laine et lê fil de Milet.*
— *Torti tortu, comment ton fils a-t-il péri?*
— *Du haut des chevaux blancs il tomba dans la mer*[*].

Agora preferia à companhia do meigo Amés a dos rapazes e das raparigas. Já se não apercebia que seu amigo não estava tantas vezes ao pé dela. A perseguição tendo abrandado, as assembléias dos cristãos tornavam-se mais regulares e o núbio as freqüentava assiduamente. O seu zelo aquecia; misteriosas ameaças se escapavam algumas vezes dos seus lábios. Desejava que os ricos nada guardassem dos seus bens. Ia para as praças públicas onde os cristãos de

---

[*]. Torto torto, porque é que guardas a casa?
 Aparto a lã e o linho de Mileto.
 Torto torto, como é que teu filho morreu?
 Do alto dos cavalos brancos caiu no mar.

humilde condição se juntavam habitualmente, ajuntando miseráveis estendidos à sombra dos velhos muros, e anunciava-lhes a libertação dos escravos e o dia próximo da justiça.

— No reino de Deus, dizia ele, os escravos beberão vinhos frescos e comerão frutos deliciosos, ao passo que os ricos, deitados aos seus pés como cães, devorarão as migalhas da sua mesa.

Estes propósitos não ficaram secretos; foram publicados no bairro e os senhores temeram que Amés excitasse os escravos à revolta. O taberneiro ressentiu um rancor profundo que soube dissimular cuidadosamente.

Um dia uma saleira de prata, reservada para a toalha dos deuses desapareceu da taberna. Amés foi acusado de a ter roubado, por ódio ao seu senhor e aos deuses do império. A acusação era sem provas e o escravo repeliu-a com todas as suas forças. Apesar disso não deixou de comparecer no tribunal e, como ele passava por um mau escravo, o juiz condenou-o ao último suplício.

— As tuas mãos, disse ele, de que tu não soubeste servir-te serão pregadas na cruz.

Ahmés escutou impassível esta condenação, saudou o juiz com muito respeito e foi conduzido à prisão pública. Durante os três dias que aí ficou, não cessou de pregar o evangelho aos prisioneiros e contaram depois que alguns criminosos e o próprio carcereiro, comovidos pelas palavras de Amés, acreditaram em Jesus Cristo crucificado.

Conduziram-no àquela praça onde uma noite, pelo menos dois anos antes, ele tinha atravessado com alegria, trazendo no seu manto branco a pequena Taís, a filha da sua alma, a sua flor bem-amada. Preso à cruz, com as mãos pregadas não deixou escapar um só queixume; somente suspirou muitas vezes: "Tenho sede!"

O seu suplício durou três dias e três noites, não se poderia acreditar que a carne humana fosse capaz de suportar uma tão longa tortura, muitas vezes pensaram que estava morto; as moscas devoravam a cera às suas pálpebras; mas de repente reabria os olhos ensangüentados. Na manhã do quarto dia cantou com uma voz mais pura do que a das crianças:

Diz-nos Maria o que viste, de onde vens?

Depois sorriu e disse:

— Ei-los que aí vêm os anjos do Senhor! Trazem-me vinho e frutos. Como é fresco o bater das suas asas!

E expirou.

O seu rosto conservava na morte a expressão do êxtase bem-aventurado. Os soldados que guardavam o patíbulo ficaram muito admirados. Vivantius acompanhado de alguns irmãos cristãos, vem reclamar o corpo para o enterrar, entre as relíquias dos mártires, na cripta de S. João Batista. E a Igreja guardou a memória venerada de S. Teodoro o Núbio.

Três anos mais tarde, Constantino, vencedor de Maxença, publicou um edito pelo qual assegurava a paz aos cristãos, e de ora em diante os cristãos não foram mais perseguidos senão pelos heréticos.

Taís acabava de fazer os seus onze anos quando o seu amigo morreu nas tormentas. Ela sentiu uma tristeza e um medo invencíveis. Não tinha a alma suficientemente pura para compreender que o escravo Amés, pela sua vida e pela sua morte era um bem-aventurado. Esta idéia germinou no seu pequenino cérebro, que não se podia ser bom neste mundo senão pelo preço dos mais terríveis sofrimentos. E ela temia ser boa porque a sua delicada pele temia a dor.

Entregou-se prematuramente a mancebos do porto e seguiu os velhos que erram à noite os subúrbios; e com o que recebia deles comprava bolos e ornatos.

Como não trazia para casa nada do que tinha ganho, a mãe enchia-a de maus tratos. Para evitar as pancadas, corria descalça até aos confins da cidade e escondia-se com os lagartos nas fendas das pedras. Aí pensava, cheia de inveja nas mulheres que via passar, ricamente ornadas, na sua liteira rodeada de escravos.

Um dia em que lhe bateram mais rudemente do que de costume ela estava agachada diante da porta, numa atitude feroz, uma velha parou diante dela, considerou-a durante alguns instantes em silêncio, depois exclamou:

— Oh! a mais linda flor, que linda criança! Feliz o pai que te gerou e a mãe que te deu ao mundo!

Taís ficou muda e tinha os olhos fixos ou no chão. As suas pálpebras estavam vermelhas e via-se que tinha chorado.

— Minha violeta branca, disse a velha, a tua mãe não será feliz de ter dado ao mundo pequena deusa como tu, e o teu pai ao ver-te, não se alegra no fundo do seu coração?

Então a criança, como falando consigo mesma:

— Meu pai é um odre inchado de vinho e a minha mãe uma ávida sanguessuga.

A velha olhou para a direita e para a esquerda para ver se a viam. Depois com uma voz acariciadora:

— Doce jacinto florido, linda bebedora de luz, vem comigo e tu não terás, para comer senão que dançar e sorrir. Eu alimentar-te-ei com bolos de mel, e o meu filho, o meu próprio filho gostará de ti como dos seus olhos. Ele é belo, o meu filho, e é jovem; não tem no queixo senão uma ligeira barba; a sua pele é macia, e é como se diz um lindo porquinho de Acharné.

Taís respondeu:

— Sim, eu quero ir contigo.

E tendo-se levantado, seguiu a velha até fora da cidade.

Esta mulher chamada Moeroé, trazia de região em região raparigas e rapazes que instruía na dança e que alugava aos ricos para aparecerem nos seus festins.

Adivinhando que Taís se tornaria em breve a mais bela das mulheres, ensinou-lhe com o chicote, a música e a prosódia, e flagelava-lhe com tiras de couro, estas pernas divinas, quando elas se não levantavam ao certo com os sons da cítara. O seu filho, decrépito aborto sem idade e sem sexo, acabrunhava de maus tratos a esta criança, que ele perseguia com o seu ódio a toda a raça das mulheres. Rival das bailarinas de que ele afetava a graça ensinava a Taís a arte de fingir, nas pantomimas, pela expressão do rosto, todos os sentimentos humanos principalmente as paixões do amor, o gesto e a atitude. Dava-lhe sem gosto os conselhos de um hábil professor; mas ciumento de sua discípula, arranhava-lhe as faces, beliscava-lhe os braços ou vinha-a picar por trás com um alfinete, à maneira das raparigas, mas logo ele se apercebeu que ela nascera para a voluptuosidade dos homens. Graças às suas lições, tornou-se um pouco música, mímica e dançarina exímia. A maldade dos seus professores não a surpreendia e parecia-lhe muito natural que a maltratassem tão indignamente. Experimentava mesmo algum respeito por esta velha que conhecia a música e que bebia vinho grego. Moeroé tendo parado em Antióquia louvou a sua discípula como dançarina e como tocadora de flauta aos ricos negociantes da cidade que davam festins. Taís dançou e agradou. Os mais ricos banqueiros levavam-na ao sair da mesa para os bosques do Oronte. Entregava-se a todos não conhecendo o preço do amor. Mas uma noite que tinha dançado diante dos mancebos mais elegantes da cidade, o filho do proconsul aproximou-se dela, todo brilhante de juventude e de volúpia, e disse-lhe com uma voz que parecia úmida de beijos:

— Porque não serei eu, Taís, a coroa que cinge a tua cabeleira, a túnica que aperta o teu corpo encantador, a sandália do teu lindo pé! Mas eu quero que tu me pises a teus pés como uma sandália; eu quero que as minhas carícias sejam a tua túnica e a tua coroa. Vem, linda criança, vem a minha casa e esqueçamos o universo.

Ela olhou-o enquanto ele falava e viu que era belo. De repente sentiu o suor que lhe gelava a fronte; tornou-se verde como a erva; cambaleou; uma nuvem descia sobre as suas pálpebras. Ele pedia-lhe ainda. Mas ela recusou segui-lo. Em vão, lhe lançou olhares ardentes, lhe disse palavras inflamadas, e quando a cingiu nos seus braços esforçando-se para a levar, ela repeliu-o com rudeza. Então suplicou e mostrou-lhe as suas lágrimas. Sob o império de uma força nova, desconhecida, invencível, ela resistiu.

— Que loucura! Diziam os convivas; Lollius é nobre, é belo e é rico e eis que uma tocadora de flauta o desdenha!

Lollius entrou só em casa e toda a noite se abrasou de amor. Vem desde manhã, pálido e com os olhos vermelhos, esparzir flores à porta da tocadora de flauta. Entretanto Taís presa de perturbação e de medo, fugia de Lollius e via-o sem cessar diante de si. Ela sofria e não conhecia o seu mal. Perguntava-se a si mesma porque estava assim mudada e donde vinha a sua melancolia. Ela repelia todos os seus amantes; eles faziam-lhe horror, não queria já ver a luz e ficava todo o dia deitada no seu leito, soluçando com a cabeça sobre as almofadas. Lollius tendo sabido forçar a porta de Taís, veio muitas vezes suplicar e maldizer esta criança. Ela ficava diante dele tímida e pálida como uma virgem e repetia:

— Não quero! Não quero!

Depois passados quinze dias, tendo-se entregue a ele, conheceu que o amava; seguiu-o até sua casa e já não o deixou mais. Foi uma vida deliciosa. Passavam todo o dia encerrados com os olhos nos olhos, dizendo um ao outro palavras que se não dizem senão às crianças. A noite passeavam nas margens solitárias do Oronte e perdiam-se nos bosques dos loureiros. Algumas vezes levantavam-se de madrugada para irem apanhar jacintos nas encostas de Silpicus. Bebiam na mesma taça e quando ela tinha um bago de uva nos seus lábios ele roubava-lho com os dentes.

Moeroé veio a casa de Lollius reclamar Taís em altos gritos.

— É a minha filha, dizia ela, a minha flor perfumada, as minhas pequenas entranhas!...
Lollius mandou-a embora com uma grande soma de dinheiro. Mas como ela voltou pedir mais ainda alguns staters de ouro, o mancebo mandou-a prender, e os magistrados, tendo descoberto muitos crimes de que ela era culpada, condenaram-na à morte e foi entregue aos animais.

Taís amava Lollius com todas as forças do seu coração, com todos os furores da imaginação e com todas as surpresas da inocência. Dizia-lhe com toda a verdade do seu coração:

— Não te tenho senão a ti.

Lollius respondia-lhe:

— Tu não te pareces com nenhuma outra mulher.

O encanto durou seis meses e quebrou um dia. De repente Taís sentiu um vácuo e sentiu-se só. Já não reconhecia Lollius; ela pensava:

— Quem é que me mudou assim num instante? Como é que ele me parece agora como todos os outros homens e que já não parece o mesmo?

Ela deixou-o, não sem a secreta idéia de procurar Lollius num outro, visto que já não o encontrava nele. Pensava assim, que viver com alguém que ela não amasse por nunca o ter amado seria menos triste do que viver com o que já não amava. Mostrou-se na companhia de ricos voluptuosos, nestas festas sagradas em que se viam coros de virgens nuas dançando nos templos e bandos de cortesãs atravessando o Oronte a nado. Tomou a sua parte em todos os prazeres que havia na cidade elegante e monstruosa; sobretudo freqüentou assiduamente os teatros, nos quais mímicas hábeis vindas de todos os países, apareciam com os aplausos de uma multidão ávida de espetáculos.

Observava com cuidado as mímicas, as dançarinas, as comediantes e particularmente as mulheres que, nas tragédias, representavam as deusas. Tendo surpreendido os segredos pelos quais elas encantavam a multidão, disse para consigo mesma, que sendo mais bela, representaria ainda melhor. Foi ter com o chefe das mímicas e pediu-lhe para ser admitida na sua trupe. Graças à sua beleza e às lições da velha Moeroé, foi bem acolhida e apareceu em cena na imagem de Dircea. Agradou mediocremente, porque lhe faltava a experiência e também porque os espectadores não estavam excitados à admiração pelo barulho dos louvores. Mas depois de alguns meses de obscuras aparições, a potência da sua beleza rebentou em cena com tal força, que a cidade inteira se comoveu. Antióquia apertava-se toda inteira no teatro. Os magistrados imperiais e os cidadãos principais aí iam, impelidos pela força da opinião. Os carregadores, os varredores e os trabalhadores do porto privavam-se do alho e do pão para poderem pagar um lugar; os filósofos barbudos declamavam contra ela nos banhos e nos ginásios; à passagem da sua liteira os padres cristãos voltavam a cabeça para o lado. O solar da sua casa era coroado de flores regado com sangue.

Ela recebia ouro dos seus amantes, não já contado mas medido ao medino, e todos os tesouros juntos pelos velhos econômicos vinham como rios perder-se a seus pés. Era por isso que a sua alma estava serena. Alegrava-se no seu impassível orgulho do favor público e da bondade dos deuses, e, por ser tanto amada, chegou a amar-se a si mesma.

Depois de ter gozado durante muitos anos da admiração e do amor dos habitantes de Antióquia, teve o desejo de rever Alexandria e de mostrar a sua glória à cidade, na qual, quando criança, errava sob a miséria e na vergonha, esfaimada como um gafanhoto no meio de um caminho poeirento. A cidade de ouro recebeu-a com alegria e encheu-a de novas riquezas. Quando apareceu nos jogos, foi um triunfo. Vieram-lhe admiradores e amantes inumeráveis. Ela acolhia-os indiferentemente, porque desesperava enfim de reencontrar Lollius.

Recebeu entre tantos outros o filósofo Nícias que a desejava, ainda que fizesse profissão de viver sem desejos. Apesar da sua riqueza era inteligente e meigo. Mas ele não a encantou nem pela finura do seu espírito, nem pela graça dos seus sentimentos. Ela não o amava e até chegava a se irritar com as suas elegantes ironias. Feria-a com a sua dúvida perpétua. É porque ele não acreditava em nada e ela acreditava em tudo. Ela acreditava na providência divina, em todo o poder dos maus espíritos, nas sortes, nas conjurações, na justiça eterna. Acreditava em Jesus Cristo e na boa deusa dos sírios; acreditava ainda que as cadelas ladravam quando a sombra de Hecate passa nas praças e que uma mulher inspira o amor derramando um filtro na taça que envolve o tosquiar sangrento de uma ovelha. Ela tinha sede do desconhecido; chamava os seres sem nome e vivia numa perpétua espera. O futuro metia-lhe medo e ela que ia conhecê-lo. Ela rodeava-se dos padres de Isis, dos mágicos caldeus, dos farmacopolas e das negras feiticeiras, que a enganavam sempre e nunca a deixavam. Temia a morte e via-a em toda a parte. Quando cedia à voluptuosidade, parecia-lhe que de repente um dedo gelado lhe tocava o seu ombro nu e, toda pálida, gritava de medo nos braços de quem a estreitava.

Nícias dizia-lhe:

— Que o nosso destino seja descer em cabelos brancos e com as faces cavadas na noite eterna, ou que neste mesmo dia, que ri agora no vasto céu, seja o nosso último dia, que importa, oh! minha Taís! Sintamos a vida. Nós teremos vivido muito se tivermos sentido muito. Não há outra inteligência do que a dos sentidos: amar é compreender. O que nós ignoramos nada é. Para que serve nos atormentarmos por um nada? Ela respondia-lhe encolerizada.

— Eu desprezo os que como tu nada temem e nada esperam. Eu quero saber! Eu quero saber!

Para conhecer o segredo da vida, ela pôs-se a ler os livros dos filósofos, mas não os compreendeu. À medida que os anos da sua infância se afastavam dela relembrava-os no seus espírito cada vez com mais vontade. Gostava de percorrer à noite, mascarada, as ruelas, os caminhos da ronda, as praças públicas onde tinha miseravelmente crescido. Sentia ter perdido os seus pais e não os ter podido amar. Quando encontrava padres cristãos, pensava no seu batismo e sentia-se perturbada. Uma noite, que envolvida no seu longo manto e com os seus louros cabelos escondidos sob um capuz sombrio ela errava, segundo o seu costume, nos subúrbios da cidade, encontrou-se sem saber como aí tinha ido, diante da pobre igreja de S. João Batista. Ouviu cantar no interior e viu uma luz brilhante que deslizava pelas fendas da porta. Nada havia aí de estranho, visto que havia vinte anos que os cristãos, protegidos pelo vencedor de Maxença, solenizavam publicamente as suas festas. Mas estes cantos significavam um ardente apelo às almas. Como convidada para os mistérios, a comediante impelindo com o braço a porta, entrou na casa. Encontrou lá uma numerosa assembléia de mulheres, de crianças, de velhos ajoelhados, diante de um túmulo apoiado ao muro. Este túmulo não era senão uma cuba de pedra grosseiramente esculpida de pâmpanos e de cachos de uvas, mas recebia grandes honras: estava coberta com palmas verdes e com coroas de rosas vermelhas. Em todo o redor, inumeráveis luzes estrelavam a sombra na qual o fumo das gomas arábicas pareciam as pregas dos véus dos anjos. E adivinhavam-se debaixo dos muros figuras semelhantes a visões do céu. Padres vestidos de branco estavam prosternados ao pé do sarcófago. Os hinos que cantavam com o povo exprimiam as delícias do sofrimento e misturavam, num luto triunfal, ora a alegria ora a dor. Taís, escutando-os sentia as volúpias da vida e os horrores da morte escoarem-se ao mesmo tempo nos seus sentidos renovados.

    Quando acabaram de cantar, os fiéis levantaram-se para irem beijar uns após outros as paredes do túmulo. Eram homens simples acostumados a trabalharem com as mãos. Avançavam com um passo pesado, com o olhar fixo, com a boca pendente, com um ar de candura. Ajoelhavam-se, cada um a seu turno diante do sarcófago e aí apoiavam os seus lábios. As mulheres levantavam nos braços as criancinhas e pousavam-lhe docemente as faces de encontro à pedra.

Taís, surpreendida e perturbada, perguntou a um diácono porque procediam assim.

— Não sabes tu mulher, lhe respondeu o diácono, que nós celebramos hoje a memória bem-aventurada de Santo Teodoro o Núbio, que sofreu pela fé no tempo de Diocleciano imperador? Viveu casto e morreu mártir; e é por isso que, vestidos de branco, nós trazemos rosas vermelhas ao seu túmulo glorioso.

Ao ouvir estas palavras, Taís caiu de joelhos e fundiu-se em lágrimas. A lembrança meio apagada de Amés, reanimava-se na sua alma. A esta memória obscura, doce e dolorosa, o estalido das tochas, o perfume das rosas, as nuvens de incenso, a harmonia dos cânticos, a piedade das almas lançavam o encanto da glória. Taís pensava no obscurecimento:

Era bom e eis que é grande e que é belo! Como é que ele se elevou acima dos homens? Qual é pois esta coisa desconhecida que vale mais do que a riqueza e do que a volúpia?

Ela levantou-se lentamente, voltou-se para o túmulo do santo que tinha amado os seus olhos de violeta onde brilhavam lágrimas à claridade das tochas; depois com a cabeça baixa, humilde, lenta, a derradeira, com os seus lábios onde tantos desejos se tinham suspendido, beijou a pedra do escravo.

Tendo entrado em casa, encontrou aí Nícias que, com a cabeleira perfumada e com a túnica desatada, esperava lendo um tratado de moral. Avançou para ela com os braços abertos.

— Má Taís, lhe disse com uma voz risonha, enquanto tu tardavas a vir, sabe o que eu lia neste manuscrito ditado pelo mais grave dos estóicos? Preceitos virtuosos e feras máximas? Não! Sobre o austero papiro, eu via dançar mil e mil pequenas Taís. Elas tinham todas a altura de um dedo, e no entanto a sua graça era infinita e todas eram a única Taís. Havia algumas que traziam mantos de púrpura e de ouro; outras semelhantes a uma nuvem branca, flutuavam no ar sob os véus diáfanos. Outras ainda, imóveis e divinamente nuas, para melhor inspirarem a volúpia, não exprimiam nenhum pensamento. Enfim havia duas que se seguravam pela mão, duas tão semelhantes, que era impossível distinguir uma da outra. Sorriam ambas. A primeira dizia: "Eu sou o amor." A outra: "Eu sou a morte."

Falando assim, apertava Taís nos seus braços, e, não vendo o olhar feroz que ela fixava em terra, ajuntou os pensamentos aos pensamentos, sem cuidado de que eles fossem baldados:

— Sim, quando eu tinha sob os olhos a linha onde estava escrito: "Nada te deve desviar de cultivar a tua alma", eu lia: "Os beijos de Taís são mais ardentes do que a chama e mais doces do que o mel". Taís como por tua falta, má criança, um filósofo compreende hoje os livros dos filósofos. É verdade que, todos quantos nós somos, não descobrimos senão o nosso próprio pensamento no pensamento de outrem, que todos nós lemos um pouco nos livros como eu acabo de ler neste...

Ela não o escutava, e a sua alma estava ainda diante do túmulo do Núbio. Como ele a ouvisse suspirar deu-lhe um beijo na nuca e disse-lhe:

— Não estejas triste minha criança. Não se é feliz no mundo senão quando se esquece o mundo. Nós temos segredos para isso. Vem; enganemos a vida: ela nos fará o mesmo. Vem, amemo-nos.

— Amarmo-nos! Exclamou ela amargamente. Mas tu nunca amaste ninguém, tu! E eu não te amo! Não! Eu não te amo! Aborreço-te. Vai-te! Aborreço-te. Execro-te e desprezo todos os felizes e todos os ricos. Vai-te! Vai-te!... Não há nenhuma bondade senão nos desgraçados. Quando eu era criança, conheci um escravo preto que morreu sobre a cruz. Era bom; ele estava cheio de amor e possuía o segredo da vida. Tu não serás digno de lhe lavar os pés. Vai-te! Eu já não te quero ver mais.

Estendeu-se de ventre sobre o solo e assim passou toda a noite gemendo, formando o desejo de viver de ora em diante, como o santo Teodoro, na pobreza e na simplicidade.

Desde o dia seguinte ela deixou os prazeres aos quais se tinha votado. Como sabia que a sua beleza, ainda intacta, não duraria muito tempo, apressava-se a tirar toda a alegria e toda a glória. No teatro, onde ela se mostrava com mais estudo do que nunca, tornava vivas as imaginações dos escultores, dos pintores e dos poetas. Reconhecendo nas formas, nas atitudes, nos movimentos, no andar da comediante uma idéia da divina harmonia que rege os mundos, sábios e filósofos punham uma graça tão perfeita na fila das virtudes e diziam: "Ela também, Taís, é geômetra!" Os ignorantes, os pobres, os humildes, os tímidos, diante dos quais ela consentia em aparecer, abençoavam-na como uma caridade celeste. No entanto ela estava triste no meio dos louvores e, mais do que nunca, temia morrer. Nada podia distraí-la da sua inquietação, nem mesmo a sua casa e os seus jardins que eram célebres e sobre os quais corriam provérbios na cidade.

Tinha feito plantar árvores trazidas com grandes despesas da Índia e da Pérsia. Uma água viva as regava cantando e colunatas em ruínas, rochedos selvagens, imitados por um hábil arquiteto, eram refletidos num lago onde se viam as imagens das estátuas. No meio do jardim, elevava-se a gruta das ninfas, que devia o seu nome a três grandes figuras de mulheres, em cera colorida, que se viam desde o limiar. Estas mulheres despojavam-se dos seus vestidos para tomarem um banho. Inquietas voltavam a cabeça temendo ser vistas

67

e pareciam vivas. A luz não chegava a este retiro senão através de delgadas toalhas de água que o tornavam ameno e alegre. Nas paredes pendiam de todos os lados como nas grutas sagradas, coroas, grinaldas e quadros votivos, nos quais a beleza de Taís era celebrada. Aí se achavam também máscaras trágicas e mascaras cômicas revestidas de vivas cores, pinturas, representando cenas de teatro, ou figuras grotescas, ou animais fabulosos. No meio, levantava-se sobre uma estela um pequeno Eros de marfim, de antigo e maravilhoso trabalho. Era um presente de Nícias. Uma cabra de mármore preto estava numa escavação, e viam-se brilhar os seus olhos de ágata. Seis cabritos de albatra se apertavam à roda das suas tetas; mas levantando os seus pés bífidos e a sua cabeça chata, parecia impacientar-se para subir para os rochedos, o solo estava coberto de tapetes de Bizâncio, de coxins bordados por homens amarelos de Patay e de peles de leões líbios. Perfumadores de ouro aí fumegavam imperceptivelmente. Aqui e ali em cima de grandes vasos de ônix elevavam-se peseas floridas. E no fundo, na sombra e na púrpura, luziam pregos de ouro sobre uma escama de tartaruga gigantesca da Índia, que voltada de pernas para o ar servia de leito à comediante. Era aí que todos os dias, no murmúrio das águas, entre o perfume e as flores, Taís, molemente deitada, esperava a hora de cear conversando com os seus amigos ou pensando sozinha, quer nos artifícios do teatro, quer na fuga dos anos.

    Ora, nesse dia, ela repousava-se depois dos jogos na gruta das ninfas. Espiava no espelho os primeiros declínios da sua beleza e pensava com medo que chegaria em breve o tempo dos cabelos brancos e das rugas.

    Em vão ela procurava tranqüilizar-se, dizendo que basta, para recobrir a frescura da cor, queimar certas ervas pronunciando fórmulas mágicas. Uma voz impiedosa lhe gritava: "Tu envelhecerás, Taís, tu envelhecerás, Taís!" E o suor do medo gelava-lhe a fronte. Depois olhando-se de novo no espelho com uma ternura infinita, achava-se bela ainda e digna de ser amada. Sorrindo-se para si mesmo murmurava: "Não há em Alexandria uma mulher que possa lutar comigo pela agilidade de talhe, pela graça dos movimentos e pela magnificência dos braços, e os braços, oh! meu espelho, são as verdadeiras cadeias do amor!".

Quando ela pensava assim, viu um desconhecido diante dela, magro com os olhos ardentes, com a barba inculta e vestido com uma túnica ricamente bordada. Deixando cair o seu espelho, deu um grito de terror.

Panuce estava imóvel e, vendo quanto ela era bela, fazia do fundo do coração esta prece:

— Faze oh! meu Deus, que o rosto desta mulher, longe de me escandalizar, edifique o teu servidor.

Depois esforçando-se para falar, disse:

— Taís, eu habito uma região longínqua e o nome da tua beleza conduziu-me até aqui. Contam que tu és a mais hábil das comediantes e a mais irresistível das mulheres. O que se conta das tuas riquezas e dos teus amores é fabuloso e lembra o antigo Rodopis, de que todos os batedores do Nilo sabem de cor a história maravilhosa. Eis porque eu tive o desejo de travar conhecimento contigo e vejo que a verdade ultrapassa o renome. Tu és mil vezes mais sábia e mais bela do que o publicam. E agora que te vejo digo comigo: "É impossível aproximar-se dela sem cambalear como um embriagado."

Estas palavras eram fingidas; mas o monge, animado de um zelo piedoso, espalhava-as com verdadeiro ardor. Entretanto Taís, olhava sem tédio este estranho que lhe tinha feito medo. Pelo seu aspecto rude e selvagem, pelo fogo sombrio que descarregavam os seus olhares, Panuce espantava-a. Ela estava com curiosidade de conhecer o estado e a vida de um homem tão diferente de todos os outros que conhecia.

Ela respondeu-lhe com uma doce zombaria:

— Tu pareces pronto à admiração, estrangeiro. Toma cuidado que os meus olhares não te consumam até aos ossos! Toma cuidado em me amar!
    Ele disse-lhe:
— Eu amo-te, oh Taís! Eu amo-te mais do que à minha vida e mais do que a mim mesmo. Por ti, eu deixei o deserto que muito desejo; por ti, os meus lábios votados ao silêncio, pronunciaram palavras profanas; por ti, eu vi o que não devia ver, e ouvi o que me era interdito de ouvir; por ti, a minha alma se perturbou, o meu coração se abriu e os pensamentos jorraram, semelhantes às fontes vivas onde bebem as pombas; por ti, eu caminhei noite e dia através das areias povoadas de larvas e de vampiros; por ti, coloquei os meus pés descalços sobre as víboras e os escorpiões! Sim eu amo-te! Eu amo-te, não como estes homens que, todos inflamados do desejo da carne, vêm ter contigo como lobos esfaimados ou touros furiosos. Tu és querida para estes como uma gazela é querida ao leão. Os seus amores carniceiros te devoram até a alma, oh! mulher! Eu, amo-te no espírito e na verdade, eu amo-te em Deus e pelos séculos dos séculos; o que eu tenho por ti no meu seio chama-se ardor verdadeiro e divina caridade. Eu prometo-te mais que a embriaguês florida e do que os sonhos de uma breve noite. Eu prometo-te santos ágapes e núpcias celestes. A felicidade que te trago nunca acabará; ela é inaudita; é inefável e tal que, se os felizes deste mundo pudessem somente entrever uma sombra, morreriam imediatamente de espanto.
    Taís, rindo com um ar chocarreiro:
— Amigo mostra-me, diz ela, um tão maravilhoso amor. Apressa-te, muito longos discursos ofenderiam a minha beleza, não percamos um momento. Eu estou impaciente por conhecer a felicidade que me anuncias; mas, para dizer a verdade, temo ignorá-la sempre e que tudo o que me prometes não se esvaia em palavras. É mais fácil prometer uma grande felicidade do que dá-la. Cada um tem o seu talento.

Eu creio que o teu é de discorrer. Tu falas de um amor desconhecido. Desde tanto tempo que se dão aos beijos, seria muito extraordinário que tivessem ficado ainda segredos do amor. Sobre este assunto, os amantes sabem mais dos que os magos.
— Taís não zombes. Eu trago-te o amor desconhecido.
— Amigo tu vens tarde. Eu conheço todos os amores.
— O amor que te trago é cheio de glória, ao passo que os amores que tu conheces não trazem senão a vergonha.

Taís olhou-o com um olhar sombrio; uma prega dura atravessou a sua pequenina fronte:
— Tu és bem atrevido estrangeiro, em ofender a tua hospedeira. Olha-me e diz-me se eu pareço com uma criatura abatida pelo opróbrio. Não, eu não tenho vergonha, e todas as que vivem como eu não têm também vergonha, se bem que elas sejam menos belas e menos ricas do que eu. Eu semeei a volúpia sob todos os meus passos e é por isso que eu sou célebre em todo o universo. Tenho mais potência do que os senhores do mundo. Eu os vi a meus pés. Olha-me, olha estes pequenos pés: milhares de homens pagariam com o seu sangue a felicidade de os beijar. Eu não sou muito grande e não ocupo muito lugar sobre a terra. Para os que me vêem do alto de Serapeum, quando passo na rua, assemelho-me a um grão de arroz; mas este grão de arroz causou entre os homens muito luto, desesperos, aborrecimentos e crimes até encher o Tártaro. Não estás tu louco ao me falar de vergonha, quando tudo grita glória à roda de mim?
— O que é glória aos olhos dos homens é infâmia diante de Deus. Oh! mulher nós fomos alimentados nas regiões tão diferentes que não é para admirar que não tenhamos nem a mesma linguagem nem o mesmo pensamento. No entanto, o céu é testemunha de que eu quero chegar a um acordo contigo e que o meu desejo é de não te deixar sem que tenhamos os mesmos sentimentos. Quem me inspiraria os discursos abrasados para que tu fundas como a cera ao meu sopro, oh! mulher, e que os dedos dos meus desejos te

71

possam modelar ao seu belo prazer? Que virtude te entregará a mim, ó mais cara das almas, a fim de que o espírito que me anima, te criando uma segunda vez, te imprima uma beleza nova e que tu exclames chorando de alegria: "Foi somente hoje que eu nasci!" Quem fará jorrar do meu coração uma fonte de Siloé, na qual tu encontres, banhando, a tua primeira pureza? Quem me mudará em Jordão, cujas ondas se espalhando sobre ti te darão a vida eterna?

Taís já não estava irritada.

— Este homem, pensava ela, fala da vida eterna e tudo o que ele diz parece escrito por um talismã. Não há dúvida nenhuma de que não seja um mago e que não tenha segredos contra a velhice e contra a morte.

E resolveu oferecer-se-lhe. Foi por isso que fingindo temê-lo, afastou-se dele alguns passos e, alcançando o fundo da gruta, sentou-se na borda do leito, levantou com arte a sua túnica até ao peito, depois, imóvel muda, com as pálpebras fechadas, esperava. As suas longas sobrancelhas faziam uma sombra agradável sobre as suas faces. Toda a sua atitude exprimia pudor; os seus pés nus balançavam-se molemente e parecia-se com uma criança que sonha, sentada na margem de um regato.

Mas Panuce olhava-a e não se mexia. Os seus joelhos trementes já não o sustinham, e a sua língua dessecava-se na boca; um tumulto medonho se baralhava na cabeça. De repente o seu olhar velou-se e não viu diante de si senão uma nuvem espessa. Pensou que a mão de Jesus se tinha colocado sobre o seus olhos para lhe esconder esta mulher. Tranqüilizado e reanimado por um tal socorro, disse com uma gravidade digna de um ancião do deserto:

— Se tu te entregas a mim, julgas então ficar oculta a Deus?

Ela abanou a cabeça.

— Deus! Quem o força a estar sempre a olhar para a gruta das Ninfas? Que se retire se nós o ofendemos! Visto que ele nos criou, não pode ficar zangado nem surpreendido por nos ver tais quais nos fez e atuando segundo a natureza que nos deu. Fala-se muito por ele e dão-lhe muitas vezes idéias que nunca teve. Tu mesmo, estrangeiro, conheces tu o seu verdadeiro caráter? Quem és tu, para me falar em seu nome?

A esta pergunta, o monge, entreabrindo a sua veste emprestada, mostrou o seu cilício e disse:

— Eu sou Panuce, abade de Antinoé, e venho do santo deserto. A mão que retirou Abraão da Caldéia e Loth de Sodoma me separou do século. Eu já não existo para os homens. Mas a tua imagem me apareceu na minha Jerusalém dos desertos e eu conheci que tu estavas cheia de corrupção e que em ti estava a morte. E eis-me diante de ti mulher, como diante de um sepulcro e eu te grito: "Taís, levanta-te."

Ao nome de Panuce, de monge e de abade, ela empalideceu de espanto. E eis que com os cabelos esparsos, com as mãos juntas, chorando e gemendo, se arrasta aos pés do santo:

— Não me faças mal! Porque vieste? Que queres tu? Não me faças mal. Eu sei que os santos do deserto detestam as mulheres que, como eu, são feitas para agradar. Eu tenho medo que tu me odeies e que me queiras prejudicar. Vai! Eu não duvido da tua potência. Mas sabe, Panuce, que não deves nem desprezar-me nem aborrecer-me. Eu nunca, como tantos homens que freqüento, zombei da tua pobreza voluntária. A teu turno não faças da minha riqueza um crime. Eu sou bela e hábil nos jogos. Eu tanto escolhi a minha posição como a minha natureza. Eu fui feita para o que faço. Eu nasci para encantar os homens. E, tu mesmo, ainda agora, dizias que me amavas. Não uses da tua ciência contra mim. Não pronuncies palavras mágicas que destruam a minha beleza e me transformem numa estátua de sal. Não me metas medo! Eu já estou muito amedrontada! Não me faças morrer! Eu temo tanto a morte!

Ele fez-lhe sinal para que se levantasse e disse:

— Criança tranqüiliza-te. Eu não te lançarei no opróbrio e no desprezo. Eu venho ter contigo, da parte daquele que, tendo-se sentado à borda do poço, bebeu na urna que lhe estendia a samaritana e que, quando ceava na habitação de Simão, recebeu os perfumes de Maria. Eu não estou sem pecado para lhe atirar a primeira pedra. Muitas vezes empreguei mal as graças abundantes que Deus espalhou sobre mim. Não é a cólera, é a piedade que me pegou pela mão para me conduzir aqui. Eu pude sem mentir abordar-te com palavras de amor, porque é o zelo do coração que me trás aqui. Eu queimo-me com o fogo da caridade e, se os teus olhos, acostumados aos espetáculos grosseiros de carne, pudessem ver as coisas sob o seu aspecto místico eu aparecer-te-ia como um ramo destacado desta selva ardente que o Senhor mostrou sobre as montanhas ao antigo Moisés, para lhe fazer compreender o verdadeiro amor, aquele que nos abrasa sem nos consumir e que, longe de deixar depois de si carvões e vãs cinzas, embalsama e perfuma para a eternidade tudo o que penetra.

— Monge, eu acredito-te e já não temo de ti nem embuste nem malefício. Ouvi muitas vezes falar dos monges solitários da Tebaida. O que me contaram da vida de Antônio e de Paulo é maravilhoso. O teu nome não me era desconhecido e disseram-me que, jovem ainda tu igualavas em virtudes os mais velhos anacoretas. Logo que te vi, sem saber quem tu eras, senti que não eras um homem ordinário. Diz-me, poderás tu por mim, o que não puderam nem os padres de Isis, nem os de Hermes, nem os da Juno celeste, nem os divinos da Caldéia, nem os magos babilônicos? Monge, se tu me amas podes impedir que eu morra?

— Mulher, viverá, quem quiser viver. Foge das delícias abomináveis a que te entregas sempre. Arranca aos demônios, que o queimaram horrivelmente, esse corpo que Deus amassou com a sua saliva e animou com o seu sopro. Consumida de fadiga, vem refrescar-te nas fontes benditas da solidão; vem beber destas fontes escondidas no deserto, que brotam até ao céu. Alma ansiosa vem possuir enfim o que tu desejavas! Coração ávido de gozo, vem experimentar as verdadeiras alegrias: pobreza, o renunciamento, o esquecimento de si mesmo, o abandono de todo o ser, no seio de Deus. Inimiga de Cristo e amanhã sua bem-amada, vem para ele. Vem, tu que o procuravas, e que dirás: "Eu achei o amor!"

Entretanto Taís parecia contemplar coisas longínquas:

— Monge, perguntou ela, se eu renuncio aos meus prazeres e se faço penitência, é verdade que renascerei no céu com o meu corpo intacto e com toda a sua beleza?

— Taís, eu trago-te a vida eterna. Creia-me; porque o que eu te anuncio é a verdade.

— E quem me garante, que é a verdade?

— David e os profetas, a Escritura e as maravilhas de que tu vais ser testemunha.

— Monge, eu queria acreditar-te. Porque, confesso-te que não encontrei a felicidade neste mundo. A minha sorte foi mais bela do que a de uma rainha e no entanto a vida trouxe-me bastantes tristezas e bastantes amarguras, e eis que eu estou cansada infinitamente. Todas as mulheres invejam o meu destino, e sucede muitas vezes que eu invejo a sorte de uma velha que vendia bolos de mel sob um portal quando eu era pequena. Foi uma idéia que me veio muitas vezes, que só os pobres são bons, são felizes, são benditos, e que há uma grande doçura em viver humilde e pequeno. Monge, tu removeste as ondas da minha alma e fizeste subir à superfície o que dormia lá bem no fundo. Mas em que acreditar? E o que é o futuro, e o que é a vida?

Ao passo que ela falava desta maneira, Panuce estava transfigurado; uma alegria celeste inundava-lhe o rosto:

— Escuta, diz ele, eu não entrei só na tua habitação. Um outro me acompanhava, um outro que está aqui em pé ao meu lado. Esse tu não o podes ver, porque os teus olhos são ainda indignos de o contemplar; mas em breve tu o verás no seu esplendor encantador e dirás: Só ele é amável! Ainda agora se ele não tivesse pousado a sua doce mão sobre os meus olhos, oh! Taís! Eu teria talvez caído contigo no pecado, porque eu próprio não sou senão a fraqueza e a perturbação. Mas ele salvou-nos a ambos; ele é tão bom como poderoso e o seu nome é Salvador. Foi prometido ao mundo por David e pela Sibila, adorado no seu berço pelos pastores e magos, crucificado pelos Fariseus, enterrado pelas santas mulheres, revelado ao mundo pelos apóstolos, atestado pelos mártires. E, ei-lo que tendo sabido que tu temes a morte, ó mulher! Vem a tua casa impedir-te de morrer. Não é verdade, oh! meu Jesus, que tu me apareces neste momento, como apareceste aos homens da Galiléia nesses dias maravilhosos em que as estrelas, descidas contigo do céu estavam tão perto da terra, que os santos inocentes podiam agarrá-las com as mãos, quando brincavam nos braços de suas mães sobre os terraços de Belém? Não é verdade, meu Jesus, que nós estamos em tua companhia, e que tu me mostras a realidade do teu corpo precioso? Não é verdade, que está aí o teu rosto e que essa lágrima que corre sobre as tuas faces é uma verdadeira lágrima? Sim, o anjo da justiça eterna a recolherá, e será o resgate da alma de Taís. Não é verdade que está aí, meu Jesus? Meu Jesus os teus lábios adoráveis entreabrem-se. Tu podes falar: fala, eu te escuto. E tu Taís, feliz Taís! Ouve o que o próprio Salvador te vem dizer: é ele que fala, e não eu. Ele disse: "Eu procurei-te por muito tempo, ó minha ovelha desencaminhada! Encontro-te enfim! Não me fujas mais. Deixa-te prender pelas minhas mãos, pobre criança, e eu te levarei até ao redil celeste. Vem minha Taís, vem minha eleita, vem chorar comigo!"

    E Panuce caiu de joelhos com os olhos em êxtase. Então Taís viu sobre as faces do santo o reflexo de Jesus vivo.

    — Oh! dias velados da minha infância! Diz ela, soluçando. Oh! meu meigo pai Amés! Ó bom santo Teodoro, porque não morri eu no teu manto branco quando me levavas nos primeiros clarões da aurora, ainda fresca com as águas do batismo!

Panuce lançou-se para ela exclamando:

— Tu és batizada!... Oh! Sabedoria divina! Oh! Providência! Oh! Deus bom! Eu conheço agora o poder que me atraía para ti. Eu sei o que te tornava tão cara e tão bela aos meus olhos. Foi a virtude das águas do batismo que me fez deixar a sombra de Deus onde vivi para te ir procurar ao ar envenenado do século. Uma gota sem dúvida da água que lavou o teu corpo brotou na minha fronte. Vem, oh! minha irmã, e recebe do teu irmão o beijo da paz.

E o monge aflorou com os seus lábios a fronte da cortesã.

Depois calou-se, deixando falar Deus, e não se ouvia já na gruta das ninfas, senão os soluços de Taís misturados com o canto das águas vivas.

Ela chorava sem enxugar as suas lágrimas quando duas escravas pretas vieram carregadas com estofos, perfumes e grinaldas.

— Quase que não vinha a propósito chorar, diz ela, ensaiando um sorriso. As lágrimas tornam vermelhos os olhos e estragam a pintura, deve-se cear hoje em casa de amigos, e eu quero ser bela, porque aí haverá mulheres para espiarem a fadiga do meu rosto. Estas escravas vêm vestir-me. Retira-te, meu pai, e deixa-as proceder. Elas são hábeis e experimentadas. Também paguei-as muito caro. Vês esta que tem tantos anéis de ouro e que mostra os seus dentes brancos. Tirei-a à mulher do procônsul.

Panuce pensou primeiro opor-se com todas as suas forças a que Taís fosse cear. Mas resolveu proceder prudentemente, e perguntou-lhe quais as pessoas que ela ia aí encontrar.

Respondeu-lhe que veria o hospedeiro do festim, o velho Cota, prefeito da frota, Nícias e muitos outros filósofos ávidos de disputas, o poeta Calícrates, o grande padre de Serapis, mancebos ricos ocupados unicamente a domarem cavalos, enfim outros que nada saberiam dizer, e que não tinham senão a vantagem da juventude. Então com uma inspiração sobrenatural:

— Vai para entre eles Taís, diz o monge! Mas eu não te deixo. Eu irei contigo a esse festim e estarei sem nada dizer ao teu lado.

Ela desatou a rir. E enquanto as duas escravas se apertavam à roda dela, exclamou:

— Que dirão eles quando virem que eu tenho por amante, um monge da Tebaida?

O BANQUETE

Quando, seguida de Panuce, Taís entrou na sala do banquete, os convivas estavam já, na maior parte, encostados aos leitos, diante da mesa em forma da ferradura, coberta de louça brilhante. No centro desta mesa elevava-se um vaso de prata que sustentado por quatro sátiros inclinando odres de onde corria sobre peixes cozidos um molho no qual eles nadavam. À vista de Taís as aclamações retumbaram de todas as partes.

— Viva a irmã das Cáritas!
— Viva a Melpômene silenciosa, de quem os olhares tudo sabem exprimir!
— Viva a bem-amada dos deuses e dos homens!
— A muito desejada!
— A que dá o sofrimento e a cura!
— A pérola de Racotis!
— A rosa de Alexandria!

Ela esperou impacientemente que esta torrente de louvores acabasse; e depois disse a Cota seu hospedeiro:

— Lucius, trago-te um monge do deserto, Panuce, abade de Antinoé; é um grande santo, cujas palavras queimam como o fogo.

Lucius Aurélio Cota, prefeito da frota, tendo-se levantado:

— Sede bem-vindo, Panuce, tu que professas a fé cristã. Eu mesmo, tenho algum respeito por um culto de ora em diante imperial. O divino Constantino colocou os teus correligionários na primeira fila dos amigos do Império. A sabedoria latina devia com efeito admitir o teu Cristo no nosso Panteon. É uma máxima dos nossos pais que há em todos os deuses qualquer coisa de divino. Mas deixemos isso. Bebamos e alegremo-nos enquanto ainda é tempo.

O velho Cota falava assim com serenidade. Tinha acabado de estudar um novo modelo de galera e de compor o sexto livro da sua história dos Cartagineses. Seguro de não ter perdido o seu dia, estava contente consigo e com os deuses.

— Panuce, tu vês aqui muitos homens dignos de serem amados: Hermodoro, grande padre de Serapis, os filósofos Dorion, Nícias e Zénotemis, o poeta Calícrates, o jovem Chereas e o jovem Aristóbulo, ambos filhos de um caro companheiro da minha juventude; e perto deles Filina com Drosé que se vêem louvar grandemente por serem belas.

Nícias veio abraçar Panuce e disse-lhe ao ouvido:

— Eu tinha-te avisado, meu irmão, que Vênus era poderosa. Foi ela pois a doce violência que te trouxe aqui malgrado teu. Escuta, tu és um homem cheio de piedade; mas, se tu não reconheces que ela é a mãe dos deuses, a tua ruína é certa. Sabe que o velho matemático Melante tem por costume dizer: "Eu não poderei sem o auxílio de Vênus, demonstrar as propriedades de um triângulo."

Dorion, que alguns instantes examinava o recém-chegado, de repente bateu as mãos e começou aos gritos de admiração.

— É ele, meus amigos! O seu olhar, a sua barba, a sua túnica: é ele mesmo! Encontrei-o no teatro enquanto a nossa bela Taís mostrava os seus engenhosos braços. Ele agitava-se furiosamente e eu posso atestar que falava com violência. É um honesto homem: vai invectivar-nos a todos; a sua eloqüência é terrível. Se Marcus é o Platão dos Cristãos, Panuce é o seu Demóstenes. Epicuro no seu pequeno jardim nunca ouvirá coisa semelhante.

Entretanto, Filina e Drosée devoravam com os olhos Taís. Ela trazia nos seus louros cabelos uma coroa de violetas pálidas de que cada flor lembrava, numa cor enfraquecida, a cor das suas pupilas, se bem que as flores parecessem olhares apagados e os olhos flores cintilantes. Era o dom desta mulher: nela tudo vivia, tudo era alma e harmonia. O seu vestido cor de malva e com lâminas de prata, arrastava nas suas longas pregas uma graça quase triste, que não alegrava nem braceletes nem colares, e todo o brilho dos seus ornamentos estava nos seus braços nus. Admirando malgrado seu o vestido e o penteado de Taís, as suas duas amigas não lhe falaram.

— Como tu estás bela! Disse-lhe Filina. Não o podias ser mais quando vens a Alexandria. Portanto, minha mãe que se lembrava de te ter visto então dizia que poucas mulheres eram dignas de se te compararem.

— Quem é pois este novo amoroso, perguntou Drosée, que nos trazes? Tem o ar estranho e selvagem. Se houve pastores de elefantes, certamente seriam feitos como ele. Onde é que encontraste, Taís, um tão selvagem amigo? Não seria entre os trogloditas que vivem debaixo da terra e que andam todos farruscados do fumo de Hades?

Mas Filina pondo um dedo sobre a boca de Drosée:

— Cala-te, os mistérios do amor devem ficar secretos e é proibido conhecê-los. Quanto a mim gostaria mais de ser beijada pela boca do Etna fumegando do que pelos lábios de tal homem. Mas a nossa doce Taís, que é bela e adorável como as deusas, deve, como as deusas, exaurir todas as preces e não somente como fazemos, as dos homens amáveis.

— Tomem cuidado ambas! Replicou Taís. É um mago e um encantador. Ele ouve as palavras em voz baixa e até os pensamentos. Arrancar-vos-á o coração enquanto dormides; o substituirá por uma esponja, e no dia seguinte quando beberdes água, morrereis sufocadas!

Ela viu-as empalidecer, voltou-lhes as costas e sentou-se à borda do leito ao lado de Panuce. A voz de Cota, imperiosa e benevolente, dominou de repente o murmúrio dos propósitos íntimos:

— Amigos, que cada um tome o seu lugar! Escravos deitai o vinho com mel!

Depois o hospedeiro levantando a sua taça:

— Bebamos primeiro ao divino Constâncio e ao gênio do Império. A pátria deve ser posta acima de tudo, e até dos deuses, porque ela os contém a todos.

Todos os convivas levaram aos lábios a sua taça cheia. Somente, Panuce não bebeu, porque Constâncio perseguia a fé de Nicée e que a pátria do cristão não é neste mundo.

Dorion, tendo bebido, murmurou:

— O que é a pátria? Um rio que corre. As margens são susceptíveis de se mudarem e as águas são constantemente renovadas.

— Eu sei, Dorion, respondeu o prefeito da frota, que tu fazes pouco caso das virtudes cívicas e que tu pensas que o sábio deve ficar alheio aos negócios. Eu creio pelo contrário, que um homem honesto nada deve tanto desejar como preencher grandes cargos no Estado. É uma bela coisa, o Estado!

Hermódoro, grande padre de Serápis, tomou a palavra:

— Dorion acaba de perguntar "o que é a pátria?" Eu responder-lhe-ei: o que faz a pátria são os altares dos deuses e os túmulos dos antepassados. É-se concidadão pela comunidade das lembranças e das esperanças.

O jovem Aristóbulo interrompeu Hermódoro:

— Por Castor, eu vi hoje um belo cavalo. Foi o de Demofon. Tem a cabeça seca, pouca *ganacha* e as mãos grossas. Tem o colo alto e ferino, como um galo.

Mas o jovem Chereas abanou a cabeça:

— Não é um tão bom cavalo, como o dizes, Aristóbulo. Tem a unha fina. Os *paturos* chegaram ao chão e o animal será em breve estropiado.

Continuavam a sua disputa quando Drosée deu um grito agudo:

— Ai! Por um pouco que ia engolindo uma espinha mais comprida e mais afilada do que um estilete. Por felicidade, pude tirá-la a tempo da garganta. Os deuses gostam de mim!

— Não dizes, minha Drosée, que os deuses gostam de ti? Perguntou Nícias sorrindo. Então é porque eles partilham a enfermidade dos homens. O amor supõe-se naquele que experimenta o sentimento de uma íntima miséria. É por ele que se trai a fraqueza dos seres. O amor que sentem por Drosée é uma grande prova da imperfeição dos deuses.

A estas palavras, Drosée pôs-se em cólera:

— Nícias o que tu dizes é inepto e não responde a nada. É além disso, o teu caráter de nada compreender do que se diz e de responder com palavras desprovidas de sentido.

Nícias sorria ainda:

— Fala, fala, minha Drosée. Apesar do que dizes, é preciso render-te graças quando tu abres a boca. Os teus dentes são tão belos!

Neste momento, um grave velho, negligentemente vestido, com o andar lento e a cabeça alta entrou na sala e espraiou sobre os convivas um olhar tranqüilo. Cota fez-lhe sinal de tomar lugar ao seu lado, sobre o seu próprio leito.

— Eucrite, disse-lhe ele, sede bem-vindo! Compuseste este mês um novo tratado de filosofia? Seria se eu conto bem, o 92º saído deste *Roseua* do Nilo que tu conduzes com uma mão ática.

Eucrite respondeu, acariciando a sua barba prateada:

— O rouxinol foi feito para cantar e eu fui feito para louvar os deuses imortais.

DORION

Saudemos respeitosamente em Eucrite o último dos estóicos.

Grave e branco, eleva-se no meio de nós como uma imagem dos antigos! É solitário na multidão dos homens e pronuncia palavras que em nada são ouvidas.

EUCRITE

Tu te enganas, Dorion. A filosofia da virtude não está morta neste mundo. Tenho numerosos discípulos na

Alexandria, em Roma e em Constantinopla. Muitos entre os escravos e sobrinhos dos Césares sabem ainda reinar sobre si mesmo, viver livres e experimentarem no destacamento das coisas uma felicidade sem limites. Muitos fazem reviver em si Epicteto e Marco Aurélio. Mas se é verdade que a virtude nunca se extinguiu na terra, em que é que a sua perda interessaria a minha felicidade visto que não dependia de mim que ela durasse ou morresse? Somente os loucos, Dorion, colocam a sua felicidade fora do seu poder. Eu nada desejo que os deuses não queiram e desejo tudo o que eles querem. Por aí, eu me torno semelhante a eles e partilho a sua infalibilidade com contentamento. Se a virtude morre, consinto que ela morra e este consentimento me enche de alegria como o supremo esforço da minha razão ou da minha coragem. Em todas as coisas, a minha sabedoria copiará a sabedoria divina e a cópia será mais preciosa do que o modelo; terá custado mais cuidados e maiores trabalhos.

NÍCIAS

Compreendo. Tu associas-te à Providência celeste. Mas se a virtude consiste somente no esforço, Eucrite, e nessa tensão pela qual os filhos de Zenon pretendem se tornar semelhantes aos deuses, a rã que se incha para se tornar tão grande como o boi completa a obra-prima do estoicismo.

EUCRITE

Nícias, tu zombas e, como de costume tu fazes gala em zombar. Mas se o boi de que tu falas é verdadeiramente um Deus, como Apis e como esse boi subterrâneo de que eu vejo aqui o grande padre, e se a rã, sabiamente inspirada, chega a igualá-lo, não será ela com efeito mais virtuosa do que o boi, e poderás tu proibir-me de admirar um animal tão generoso?

Quatro escravos puseram sobre a mesa um javali coberto ainda com as cerdas. Pequenos javalis, feitos de massa

cozida ao forno, rodeando o animal como se quisessem mamar, indicavam que era uma javalina.
Zenotémis, voltando-se para o monge:
— Amigos, um conviva veio por si mesmo juntar-se a nós. O ilustre Panuce que leva no deserto uma vida prodigiosa é o nosso hóspede inesperado.

COTA

Diz antes, Zénotemis. O primeiro lugar lhe é reservado e devido, visto que veio sem ser convidado.

ZÉNOTEMIS

Também devemos nós, caro Lucius, acolhê-lo com uma particular amizade e procurar o que lhe pode ser mais agradável. Ora, é certo que um tal homem é menos sensível ao fumo das carnes do que ao perfume dos belos pensamentos. Nós dar-lhe-emos prazer sem dúvida falando sobre a doutrina que ele professa e que é a de Jesus crucificado. Quanto a mim, a isso me prestaria de tanto melhor vontade quanto mais esta doutrina me interessa vivamente pelo número de alegrias que encerra. Se se adivinha o espírito debaixo da letra, ela está cheia de verdades e eu avalio que os livros dos cristãos abundam em revelações divinas. Mas não poderia Panuce conceder um preço igual aos livros dos judeus. Aqueles foram inspirados, não, como se diz, pelo espírito de Deus, mas por um mau gênio. Iaveh, que os ditou, era um desses espíritos que povoam o ar inferior e causam a maior parte dos males de que nós sofremos; mas sobrepunha-os a todos em ignorância e em ferocidade. Pelo contrário a serpente de asas de ouro que desenroscava à roda da árvore da ciência a sua espiral de azul, era amassada de luz e de amor. Também, a luta essa era inevitável entre estas duas potências esta brilhante e a outra tenebrosa. Rebentou nos primeiros dias do mundo. Deus acabava apenas de entrar no seu repouso, Adão e Eva, o primeiro homem e a primeira mulher, viviam felizes e nus no jardim do Éden, quando Iaveh formou, para sua desgraça, o desígnio de os governar, a eles e a todas as gerações que Eva trazia já nos seus flancos magníficos. Como não possuía nem o compasso, nem a lira e ignorava igualmente a ciência que comanda e a arte que persuade, aterrorizava estas duas crianças com aparições disformes; com ameaças caprichosas e com trovões. Adão e Eva, sentindo a sua sombra sobre si, apertavam-se um de encontro ao outro e o seu amor redobrava com o medo. A serpente teve piedade deles e resolveu instruí-los, a fim de que, possuindo, a ciência, não abusassem mais deles com mentiras. A empresa exigia uma rara prudência e a fraqueza do primeiro par humano tornava-a quase desesperada. O benevolente demônio no entanto tentou-a. Às ocultas de Javé, que pretendia tudo ver mas cuja vista na realidade não era muito aguda, aproximou-se das duas criaturas, encantou os seus olhares pelo esplendor da sua couraça e pelo brilho das suas asas. Depois interessou o seu espírito formando diante deles, com o seu corpo, figuras exatas, tais como o círculo, a elipse e a espiral, cujas propriedades admiráveis foram reconhecidas depois pelos gregos. Adão, mais do que Eva, meditava sobre estas figuras. Mas quando a serpente, tendo-se posto a falar, ensinou as mais altas verdades, as que se demonstram, reconheceu que Adão, amassado de barro vermelho, era de uma natureza muito espessa para perceber estes sutis conhecimentos e que Eva, pelo contrário, mais terna e mais sensível, era facilmente penetrada. Também a entretinha só na ausência do seu marido, a fim de a iniciar em primeiro lugar...

DORION

Sofre, Zénotemis, que eu te detenha aí. Reconheci em primeiro lugar no mito que nos expões, um episódio da luta de Palas Atenéia contra os gigantes. Javé parece-se muito com Tifon, e Palas é representado pelos Atenienses com uma serpente ao seu lado. Mas o que tu acabas de dizer faz-me duvidar da inteligência ou da boa fé da serpente de que falas. Se teria verdadeiramente possuído a sabedoria, tê-la-ia confiado a uma pequena cabeça fêmea, incapaz de a conter? Acreditarei antes, que era como Javé, ignorante e mentiroso e que tinha escolhido Eva porque era mais fácil seduzi-la e que supunha a Adão mais inteligência e reflexão.

ZÉNOTEMIS

Sabe, Dorion, que é, não pela reflexão e inteligência, mas pelo sentimento, que se atinge as mais altas e mais puras verdades. Também, as mulheres que, de ordinário, têm menos reflexão, mas que são mais sensíveis dos que os homens, elevam-se mais facilmente ao conhecimento das coisas divinas. Nelas, está o dom da profecia e não é sem razão que representam algumas vezes Apolo Citarede e Jesus de Nazaré, vestidos como as mulheres, com uma túnica flutuante. A serpente iniciadora foi pois sisuda, ainda que o negues, em preferir ao grosseiro Adão, para sua obra de luz, esta Eva mais branca do que leite e do que as estrelas. Ela escutou-o docilmente e deixou-se conduzir à árvore da ciência cujos ramos se elevavam até ao céu e que o espírito divino banhava como uma rosa. Esta árvore estava coberta de folhas que falavam todas as línguas dos homens futuros e cujas vozes unidas formavam um concerto perfeito. Os seus frutos abundantes davam aos iniciados que se nutriam deles o conhecimento dos metais, das pedras, das plantas assim como das leis físicas e das leis morais; mas eram chama e os que temiam o sofrimento e a morte não ousavam levá-los aos seus lábios. Ora, tendo escutado docilmente a serpente, Eva elevou-se acima dos vãos terrores e desejou saborear os frutos que dão o conhecimento de Deus. Mas para que Adão, que ela amava não se tornasse inferior, pegou-o pela mão e levou-o à árvore maravilhosa. Aí, colhendo uma maçã ardente mordeu-a e deu-a em seguida ao seu companheiro. Por desgraça, Javé, que passava por acaso no jardim, surpreendeu-os e, vendo que se tornavam sábios, pôs-se numa terrível cólera. Era sobretudo no ciúme que havia a temer dele. Juntando as suas forças, produziu um tal tumulto no ar inferior que estes dois débeis seres ficaram consternados. O fruto escapou das mãos do homem, e a mulher agarrando-se ao pescoço do desgraçado, disse-lhe: "Eu quero ignorar e sofrer contigo." Javé triunfante mantém Adão e Eva e toda a sua geração no pasmo e no espanto. A sua arte, que se reduzia a fabricar grosseiros meteoros, venceu a ciência da serpente, música e geômetra. Ensinou aos homens a injustiça, a ignorância e a crueldade e fez reinar o mal sobre a terra. Perseguiu Caim e os seus filhos, porque eram industriosos; exterminou os Filistinos porque compunham poemas órficos e fábulas como as de Esopo. Foi o implacável inimigo da ciência e da beleza, e o gênero humano expiou durante longos séculos, no sangue e nas lágrimas a falta da serpente alada. Felizmente encontraram-se entre os gregos homens sutis, tais como Pitágoras e Platão, que encontraram, pela potência do gênio, as figuras e as idéias que o inimigo de Javé tinha tentado em vão ensinar à primeira mulher. O espírito da serpente estava neles; foi por isso que a serpente, como o dizes, foi honrada pelos atenienses. Enfim, em dias mais recentes, apareceram, sob uma forma humana, três espíritos celestes, Jesus de Galiléia, Basilide e Valentim, a quem foi dado colher os melhores frutos desta árvore da ciência cujas raízes atravessam a terra e cujo cimo toca os céus. Era o que tu tinhas a dizer para vingar os cristãos a quem se imputam muitas vezes os erros dos judeus.

DORION

Se eu te compreendi bem, Zénotemis, três homens admiráveis, Jesus, Basilide e Valentim, descobriram os segredos que ficaram ocultos a Pitágoras, a Platão, a todos os filósofos da Grécia e mesmo até ao divino Epicuro que no entanto libertou o homem de todos os vãos terrores. Ficarte-emos muito gratos, dizendo-nos porque meio estes três mortais adquiriam conhecimentos que tinham escapado à meditação dos sábios.

ZÉNOTHEMIS

É preciso, pois repetir-te, Dorion, que a ciência e a meditação não são senão os primeiros degraus do conhecimento e que só os êxtases nos conduzem às verdades eternas?

HERMÓDORO

É verdade, Zénotemis, a alma alimenta-se de êxtases como a cigarra do orvalho. Mas podemos melhor falar ainda: o espírito só é capaz de um inteiro arrebatamento. Porque o homem é triplo; composto de um corpo material, de uma alma mais sutil igualmente material, e de um espírito incorruptível. Quando saindo do seu corpo como de um palácio que ficou subitamente em silêncio e na solidão, depois atravessando em vôo os jardins com a sua alma, o espírito espalha-se em Deus, prova as delícias de uma morte antecipada ou antes da vida futura, porque morrer, é viver, e neste estado, que participa da pureza divina, possui ao mesmo tempo a alegria infinita e a ciência absoluta. Entra na unidade que é tudo. É perfeito.

NÍCIAS

Isso é admirável. Mas para dizer a verdade, Hermódoro, eu não vejo grande diferença entre o tudo e o nada. Até as próprias palavras me parecem faltar para fazer esta distinção. O infinito parece-se terrivelmente com o nada: são ambos inconcebíveis. Quanto a mim a perfeição custa muito caro: pagam-na com todo o seu ser, e para a possuir é preciso cessar de existir. Está aí uma desgraça na qual o próprio Deus não escapou desde que os filósofos se lhe meteram na cabeça de o aperfeiçoar. Depois disso, se não sabemos o que é não ser, ignoramos por isso mesmo o que é o ser. Diz-se que é impossível aos homens de se entenderem. Eu acreditaria, a despeito do barulho das nossas disputas, que lhes é pelo contrário impossível de não caírem finalmente de acordo, envolvidos lado a lado, debaixo do caos das contradições que eles começaram, como Pelion sobre Ossa.

COTA

Gosto muito da filosofia e estudo-a nas minhas horas livres. Mas eu não compreendo bem senão nos livros de Cícero. Escravos, deitai o vinho com mel.

CALÍCRATES

Eis aí uma coisa singular! Quando estou em jejum, penso no tempo em que os poetas trágicos se sentavam nos banquetes dos bons tiranos e chega-me a crescer água na boca. Mas desde que provei o vinho opimo que nos deitas abundantemente, generoso Lucius, eu não penso senão nas lutas cívicas e combates heróicos. Torno-me vermelho por viver em tempos sem glória, invoco a liberdade e espalho o meu sangue na imaginação como os derradeiros romanos no campos dos Filipes.

COTA

No declinar da República, os meus avós foram mortos com Brutus pela liberdade. Mas pode-se duvidar se os que chamavam a liberdade do povo romano não fosse, na realidade, a faculdade de eles próprios o governarem. Eu não nego que a liberdade seja para uma nação o primeiro dos bens. Mas quanto mais eu vivo mais me persuado de que só um governo forte a pode assegurar aos cidadãos. Exerci durante quatro anos um dos mais altos cargos do Estado e a minha longa experiência me ensinou que o povo é oprimido quando o poder é fraco. Também, os que, como a maior parte dos retóricos se esforçam para enfraquecer o governo cometem um crime execrando. Se a vontade de um só exerce algumas vezes de uma maneira funesta, o consentimento popular torna toda a resolução impossível. Antes que a majestade da paz romana cobrisse o mundo, os povos não foram felizes senão sob o domínio de inteligentes déspotas.

HERMODORO

Quanto a mim, julgo, Lucius, que não há boa forma de governo e que se não poderia descobrir, visto que os gregos engenhosos, que tantas formas felizes conceberam, procuraram essa sem a poderem achar. A este respeito toda a esperança nos está de ora em diante interdita. Reconhece-se por sinais certos que o mundo está perto de abismar na ignorância e na barbaria. Foi-nos dado, Lucius, assistir à ignorância terrível da civilização. De todas as satisfações que procuravam a inteligência, a ciência e a virtude, já não nos resta senão a alegria cruel de nos vermos morrer.

COTA

É certo que a fome do povo e a audácia dos bárbaros são flagelos terríveis. Mas com uma boa frota, com um bom exército e boas finanças...

HERMÓDORO

Para que serve embalar-se com ilusões? O império que expira oferece aos bárbaros uma fácil presa. As cidades que edificaram o gênio helênico e a paciência latina serão em breve saqueadas pelos selvagens embriagados. Deixará de haver sobre a terra, a arte e a filosofia. As imagens dos deuses serão deitadas abaixo dos templos e das almas. Será a noite do espírito e a morte do mundo. Como acreditar com efeito, que os sarmatas nunca se entregarão aos trabalhos da inteligência, que os germanos cultuarão a música e a filosofia, que os quados e os marcomanos adorarão os deuses imortais? Não! Tudo se inclina e se abisma. Este velho Egito que foi o berço do mundo será seu hipogeu. Serapis, Deus da morte, receberá as supremas adorações dos mortais e eu terei sido o derradeiro padre do derradeiro deus.

Neste momento uma figura estranha levantou as alcatifas, e os convivas viram diante de si um pequeno homem astuto de quem o crânio calvo se elevava em ponta. Estava vestido, à moda asiática, com uma túnica azul e trazia à roda das pernas, como os bárbaros, bragas vermelhas, passamadas com estrelas de ouro. Ao vê-lo Panuce reconheceu Marcus o Ariano, e temendo ver cair o raio, levantou as mãos acima da cabeça e empalideceu de medo. O que não tinham podido, neste banquete dos demônios, nem as blasfêmias dos pagãos, nem os erros horríveis dos filósofos, só a presença do herético espantou a sua coragem. Quis fugir mas o seu olhar tendo encontrado o de Taís, sentiu-se logo encorajado. Tinha lido na alma da predestinada e tinha compreendido, que, a que se ia tornar uma santa, o protegia já. Pegou numa das abas da veste que arrastava e orou mentalmente ao Salvador Jesus.

Um murmúrio lisonjeador tinha acolhido a chegada do personagem a quem chamavam o Platão dos Cristãos. Hermódoro foi o primeiro que lhe falou:

— Muito ilustre Marcus, alegramo-nos de te ver entre nós e pode-se dizer que tu vens a propósito. Não conhecemos da doutrina dos cristãos senão o que foi publicamente ensinado. Ora, é certo que um filósofo tal como tu, não pode pensar o que pensa a maior parte da gente e estamos com curiosidade de conhecer a tua opinião sobre os mistérios da religião que professas. O nosso caro Zénotemis que, como tu o sabes, é ávido do símbolos, interrogava ainda agora o ilustre Panuce sobre o livro dos Judeus. Mas Panuce não lhe deu resposta e nós não ficamos surpreendidos, visto que o nosso hóspede foi votado ao silêncio e Deus selou-lhe a língua no deserto. Mas tu, Marcus, que levaste a palavra ao sínodo dos cristãos e até aos conselhos do divino Constantino, poderás, se quiseres, satisfazer a nossa curiosidade revelando-nos as verdades filosóficas que estão envolvidas nas fábulas dos cristãos. A primeira destas verdades não é a existência de Deus único, no qual, por minha parte, eu creio firmemente?

MARCUS

Sim, veneráveis irmãos, eu creio num só Deus, não gerado, o só eterno, príncipe de todas as coisas.

NÍCIAS

Sabemos, Marcus, que o teu Deus criou o mundo. Foi certamente uma grande crise na sua existência. Existia já havia uma eternidade antes de a isso se resolver. Mas, para ser justo, reconheço que a sua situação era uma das mais embaraçadoras. Era preciso ficar inativo para ficar perfeito e devia agir se quisesse provar a si mesmo que existia. Tu asseguras-me que se decidiu a agir. Quero acreditar-te, ainda que seja da parte de um Deus perfeito, imperdoável imprudência. Mas, diz-nos, Marcus, como é que ele fez para criar o mundo.

MARCUS

Os que, sem serem cristãos, possuem como Hermódoro e Zénotemis, os princípios do conhecimento, sabem que

Deus não criou o mundo diretamente e sem intermediário. Deu nascimento a um filho único, por quem todas as coisas foram feitas.

HERMÓDORO

Tu dizes a verdade, Marcus; e este filho é indiferentemente adorado com os nomes, de Hermes, Mitra, Adonis, Apolo e Jesus.

MARCUS

Eu não seria cristão se não lhe desse senão os nomes de Jesus, de Cristo e de Salvador. É o verdadeiro filho de Deus. Mas ele não é eterno, visto que teve um começo; quanto a pensar que ele existia antes de ser gerado é um absurdo que é preciso deixar aos teimosos de Nicée e ao burro teimoso que governou por muito tempo a igreja de Alexandria com o nome maldito de Atanase.

A estavas palavras, Panuce, branco e com a fronte banhada em suor de agonia, fez o sinal da cruz e continuou no seu silêncio sublime.

Marcus prosseguiu:

— É claro que o inepto símbolo de Nicée atenta contra a majestade do Deus único, obrigando-o a partilhar os seus indivisíveis atributos com a sua própria emanação, o mediador por quem todas as coisas foram feitas. Renuncia a zombar do verdadeiro Deus dos cristãos, Nícias; sabes, que, tanto como o lírio dos campos ele não trabalha e não fia. O trabalhador, não é ele, é o seu filho único, é Jesus que tendo criado o mundo vem em seguida repará-lo. Porque a criação não podia ser perfeita e o mal aí estava necessariamente misturado com o bem.

NÍCIAS

E o que é o bem, e o que é o mal?

Houve um momento de silêncio durante o qual Hermódoro, com o braço estendido sobre a toalha, mostrava um pequeno burro, em metal de Corinto, que tinha dois ceirões, um com azeitonas brancas e o outro com azeitonas pretas.

— Vede estas azeitonas, diz ele. O nosso olhar é agradavelmente adulado pelo contraste das suas cores, e ficamos contentes por estas serem claras e aquelas sombrias. Mas se fossem dotadas de pensamento e de conhecimento, as brancas diriam: é bom que uma azeitona seja branca e é mau que ela seja preta, e o povo das azeitonas pretas detestaria as azeitonas brancas. Nós julgamos melhor, porque estamos tanto acima delas como os deuses estão acima de nós. Para o homem que não vê senão uma parte das coisas, o mal é um mal; para Deus que tudo compreende, o mal é um bem. Sem dúvida a fealdade é feia e não bela; mas se tudo fosse belo esse tudo não seria belo. Há pois tanto bem como mal, como o demonstrou o segundo Platão, maior do que o primeiro.

EUCRITE

Falemos mais virtuosamente. O mal é um mal, não para o mundo de que ele não destrói a indestrutível harmonia, mas para o mau que o faz e que poderia não o fazer.

COTA

Por Júpiter! Eis um bom raciocínio!

EUCRITE

O mundo é a tragédia de um excelente poeta. Deus que o compôs designou cada um de nós para aí desempenhar um papel. Se ele quer que tu sejas um mendigo, príncipe ou coxo, faz de ti, por maior que sejas, o personagem que te designou.

NÍCIAS

Seguramente será bom que o coxo da tragédia coxeie como Héfaistos; será bom que o insensato se abandone aos furores de Ajax, que a mulher incestuosa renove os crimes de Fedra, que o traidor traia, que o mentiroso minta, que o assassino mate, e quando a causa for julgada, todos os atores, reis, justos, tiranos sanguinários, virgens piedosas, esposas impudicas, cidadãos magnânimos e cobardes assassinos receberão do poeta uma parte igual de felicitações.

EUCRITE

Tu desnaturas o meu pensamento, Nícias, e transformas uma linda menina numa medusa horrenda; lastimo-te por ignorares a natureza dos deuses, a justiça e as leis eternas.

ZÉNOTEMIS

Quanto a mim, meus amigos, creio na realidade do bem e do mal. Mas estou persuadido que não há uma só ação humana, mesmo o beijo de Judas que não tenha em si o gérmen da redenção. O mal concorre para a salvação final dos homens, e nisso, ele procede do bem e participa dos méritos ligados ao bem. Foi o que os cristãos tão admiravelmente exprimiram pelo mito deste homem de cabelos ruivos que para trair o seu senhor lhe deu o beijo da paz e assegurou por tal ato a salvação dos homens. Também, nada há mais injusto, a meu modo de ver, nem mais vão do que o ódio de certos discípulos de Paulo o armador com que perseguem o mais desgraçado dos apóstolos de Jesus, sem pensar que o beijo do Iscariote, anunciado pelo próprio Jesus, era necessário segundo a sua própria doutrina para a redenção dos homens e que, se Judas não tivesse recebido a bolsa com os trinta dinheiros, a sabedoria divina seria desmentida, a Providência descida, os seus desígnios inutilizados e o mal recaído no mal, na ignorância e na morte.

MARCUS

A sabedoria divina tinha previsto que Judas, livre de não dar o beijo de traidor, o daria no entanto. Foi assim que empregou o beijo do Iscariote como uma pedra para o edifício da redenção.

ZÉNOTEMIS

Falei-te ainda agora, Marcus, como acreditava que a redenção dos homens tinha sido cumprida por Jesus crucificado, porque eu sei que tal é a crença dos cristãos e que entrei no seu pensamento para melhor apanhar o defeito dos que crêm na danação eterna de Judas. Mas na realidade Jesus não é a meus olhos senão precursor de Basilida e de Valentim. Quanto ao mistério da redenção, dir-vos-ei, caros amigos, por pouco que sejais curiosos, esse cumpriu-se verdadeiramente sobre a terra.

Os convivas fizeram um sinal de assentimento. Como as virgens com as corbelhes sagradas de Ceres, doze meninas trazendo à cabeça cestos de romãs e de maçãs entraram na sala com um passo leve e cadenciado cuja cadência era marcada por uma flauta invisível. Puseram os cestos sobre a mesa a flauta calou-se e Zénotemis falou da seguinte maneira:

— Quando Eunóia, o pensamento de Deus, criou o mundo, confiou aos anjos o governo da terra. Mas estes não guardaram a serenidade que convinha aos senhores. Vendo que as filhas dos homens eram belas, surpreenderam-nas à noite, à borda das cisternas e uniram-se a elas. Destes himeneus saiu uma raça violenta que cobria a terra com injustiças e crueldades e a poeira dos caminhos bebeu o sangue inocente. A esta vista Eunóia ficou presa de uma tristeza infinita:

— Eis pois o que eu fiz! Suspirava ela, inclinando-se para o mundo. Os meus pobres filhos estão mergulhados por minha culpa na vida amarga. O seu sofrimento é o meu crime e eu quero expiá-lo. O próprio Deus, que não pensa senão por mim, seria impotente para lhes dar a primitiva pureza, o que está feito, está feito, e a criação está para sempre falha. Ao menos, não abandonarei as minhas criaturas. Se eu as não posso tornar felizes, como eu, posso ao menos tornar-me desgraçada como elas. Visto que cometi a falta de lhes dar corpos que as humilham, tomarei eu mesma um corpo semelhante aos seus e irei viver entre elas.

"Tendo assim falado, Eunóia desceu sobre a terra e encarnou-se no seio de uma Argiana. Nasceu pequena e débil e deram-lhe o nome de Helena. Submetida aos trabalhos da vida, cresceu em breve em graça e em beleza e torna-se a mais desejada das mulheres, como tinha resolvido, afim de ser experimentada no seu corpo mortal pelas mais ilustres sujidades. Presa inerte dos homens lascivos e violentos, dedicou-se ao rapto e ao adultério em expiação de todos os adultérios, de todas as violências e de todas as iniqüidades, e causou pela sua beleza a ruína dos povos, para que Deus pudesse perdoar os crimes do universo. E nunca o pensamento celeste, nunca Eunóia foi tão adorável senão nos dias em que, mulher se prostituiu aos heróis e aos pastores. Os poetas adivinhavam a sua divindade, quando ela se penteava tão serena, tão soberba e tão fatal, e quando lhe faziam esta invocação: "Alma serena como a calmaria dos mares!"

"Foi assim que Eunóia foi levada pela piedade para o mal e para o sofrimento. Morreu, e os Arginos mostram o seu túmulo, porque ela devia conhecer a morte depois da voluptuosidade e provar todos os frutos amargos que tinha semeado. Mas escapando-se da carne que tinha composto Helena encarnou-se numa outra forma de mulher e ofereceu-se de novo a todos os ultrajes. Assim, passando de corpo em corpo, e atravessando entre nós as idades más, toma sobre si os pecados do mundo. O seu sacrifício não será baldado. Ligada a nós pelos laços da carne, amando e chorando conosco, operará a sua redenção e a nossa, e nos arrebatará suspensos ao seu branco peito, para a paz do céu reconquistado.

HERMÓDORO

Esse mito não me era desconhecido. Lembra-me que me contaram que numa das suas metamorfoses, esta divina Helena vivia perto do mágico Simon, no governo do imperador Tibério. Acreditei todavia que a sua decadência era involuntária e que os anjos a tinham arrastado a sua queda.

ZÉNOTEMIS

Hermódoro, é verdade que homens mal iniciados nos mistérios pensaram que a triste Eunóia não tinha consentido na sua própria queda. Mas se fosse assim como eles pretendem, Eunóia não seria a cortesã espiadora, a hóstia coberta de todas as máculas, a pão embebido de vinho das nossas vergonhas, a oferenda agradável, o sacrifício meritório o holocausto cujo fumo sobe para o céu. Se não fossem voluntários os seus pecados não teriam virtude.

CALÍCRATES

Mas não se saberá, Zénotemis, em que país, sob que nome e em que forma adorável veio hoje esta Helena sempre renascente?

ZÉNOTEMIS

É preciso ser muito sábio para descobrir um tal mistério. E a sabedoria, Calícrates, não é dada aos poetas, que vivem no mundo grosseiro das formas e se divertem, como as crianças, com os sons e com as vãs imagens.

CALÍCRATES

Teme ofender os deuses, ímpio Zénotemis; os poetas são-lhes caros. As primeiras leis foram ditadas em versos pelos próprios imortais, e os oráculos dos deuses são poemas. Os hinos têm para os ouvidos celestes agradáveis sons. Quem é que não sabe que os poetas são divinos e que nada lhes é oculto? Eu mesmo sendo poeta e cingido com o loureiro de Apolo, revelarei a todos a derradeira encarnação de Eunóia. A eterna Helena está perto de vós. Ela olha-nos e nos vemo-la. Vede esta mulher com os cotovelos apoiados aos coxins do seu leito, tão bela e toda sonhos, e de quem os olhos têm lágrimas e os lábios beijos. É ela! Encantadora como nos dias de Príamo e da Ásia em flor, Eunóia chama-se hoje Taís.

FILINA

Que dizes, Calícrates? A nossa bela Taís teria conhecido Páris, Menelau e os Aqueanos de belas cnêmides que combatiam diante de Ilion! Taís, é o grande cavalo de Tróia?

ARISTÓBULO

Quem fala de um cavalo?
— Bebi como um Trácio! gritou Chereas.
E rolou para debaixo da mesa.
Calícrates levantando a sua taça:
— Se bebemos como desesperados, morremos sem vingança!
O velho Cota dormia e a sua cabeça calva balançava-se sobre os seus largos ombros.
Havia algum tempo que Dorion parecia muito agitado no seu manto filosófico. Aproximou-se cambaleante do leito de Taís:

— Taís, amo-te, ainda que seja indigno de mim amar uma mulher.

TAÍS

Porque não me amavas tu ainda agora?

DORION

Porque eu estava em jejum.

TAÍS

Mas eu, meu pobre amigo, que não bebi senão água, sofre que não te ame.

Dorion não quis ouvir mais e deslizou para perto de Droséa que o chamava com o olhar para o tirar a sua amiga. Zénotemis tomando o lugar deixado deu a Taís um beijo na boca.

TAÍS

Julgava-te mas virtuoso.

ZÉNOTHEMIS

Eu sou perfeito, e os perfeitos não obedecem a nenhuma lei.

TAÍS

Mas não temes sujar a tua alma nos braços de uma mulher?

ZÉNOTEMIS

O corpo pode ceder ao desejo, sem que a alma se ocupe disso.

TAÍS

Vai-te, eu quero que me amem de corpo e alma. Todo estes filósofos não são mais do que bodes.

As lâmpadas apagavam-se uma a uma. Um dia pálido que penetrava pelas fendas das tapeçarias batia nos rostos lívidos e nos olhos inchados dos convivas. Aristóbulo, caído com os punhos cerrados ao lado de Chereas, enviava em sonhos os seus palafreneiros aos corvos. Zénotemis apertava nos seus braços Filina desfalecida. Dorion deitava na garganta nua de Droséa gotas de vinho que rolavam como rubis do branco peito agitado pelo rir e que o filósofo perseguia com os seus lábios para as beber sobre a carne macia. Eucrites levantou-se e pousando o braço sobre o ombro de Nícias arrastou-o para o fundo da sala.

— Amigo, lhe disse ele, se tu pensas ainda, em que pensas tu?

— Penso que os amores das mulheres são os jardins de Adonis.

— Que queres dizer?

— Não sabes Eucrites, que as mulheres fazem todos os anos pequenos jardins no seu terraço plantando para o amante de Vênus ramos em vasos de argila? Esses ramos verdejam por pouco tempo e fanam-se em seguida.

— Que importa, Nícias? É loucura ligar-se ao que passa.

— Se a beleza não é senão uma sombra, o desejo não é senão um clarão. Que loucura há em desejar a beleza? Não é razoável, pelo contrário, que o que passa vá para o que não dura e que o clarão devore a sombra que desliza?

— Nícias, tu pareces-me uma criança que brinca aos encarnes. Crê-me: sede livre. É por aí que se é homem.

— Como se pode ser livre, Eucrites, quando se tem um corpo?

— Tu o verás daqui a um bocado, meu filho. Daqui a um bocado tu dirás: Eucrites era livre.

O velho falava encostado a uma coluna de pórfiro, com a fronte iluminada com os primeiros raios da aurora.

Hermódoro e Marcus tendo-se aproximado, estavam diante dele, ao lado de Nícias, e todos quatro, indiferentes aos risos e aos gritos dos bebedores, entretinham-se com as coisas divinas. Eucrites exprimia-se com tanta sisudez que Marcus dizia-lhe:

— Tu és digno de conhecer o verdadeiro Deus.

Eucrites respondeu:

— O verdadeiro Deus está no coração do sábio.

Depois falaram da morte.

— Eu quero, diz Eucrites, que me encontre ocupado a corrigir-me a mim mesmo e atento a todos os meus deveres. Diante dela, levantarei aos céus as minhas mãos puras e direi aos deuses: "As vossas imagens, deuses, que pousastes no templo da minha alma, não assoalhei; aí suspendi os meus pensamentos como se fossem grinaldas, faixas e coroas. Vivi em conformidade com a vossa Providência. Já vivi bastante."

Falando assim, levantava os braços para o céu e o seu rosto resplandecia de luz.

Ficou pensativo um instante. Depois continuou com uma alegria profunda:

— Destaca-te da vida, Eucrites, como a azeitona madura que cai, dando graças à árvore que a suportou e à terra que a alimentou!

A estas palavras, tirando das dobras da sua veste um punhal sem bainha, mergulhou-o no peito.

Quando os que o escutavam agarraram ao mesmo tempo a sua mão, a ponta do ferro tinha já penetrado no coração do sábio. Eucrites tinha entrado no repouso. Hermódoro e Nícias levantaram o corpo pálido e ensangüentado para cima de um dos leitos do festim, no meio dos gritos agudos das mulheres, dos grunhidos dos convivas incomodados no seu entorpecimento e dos suspiros de volúpia abafados na sombra dos tapetes. O velho Cota, acordado do seu ligeiro sono de soldado, estava já perto do cadáver examinando a ferida e gritando:

— Que chamem o meu médico Aristeu!
Nícias sacudiu a cabeça:
— Eucrites já não existe. Quis morrer assim como outros querem amar. Obedeceu como todos ao inefável desejo. E ei-lo agora semelhante aos deuses que nada desejam.
Cota batia de encontro à fronte:
— Morrer! Querer morrer quando se pode ainda servir o Estado, isso é fora de todo o senso comum!
Entretanto Panuce e Taís tinham ficado imóveis, mudos, lado a lado, com a alma transbordando de nojo, de horror e de esperança.
De repente o monge pegou na mão da comediante; atropelando com ela os embriagados caídos perto de seres unidos e, com os pés no vinho e no sangue espalhado, arrastou-a para fora.
O dia levantava-se sobre a cidade. As longas colunatas estendiam-se ao longo dos dois lados da via solitária, dominada ao longe pela cimalha cintilante do túmulo de Alexandre. Sobre as pedras da calçada, arrastavam-se aqui e ali coroas desfolhadas e tochas apagadas. Sentia-se no ar as aragens frescas do mar. Panuce arrancou com desgosto a sua túnica suntuosa e pisou aos pés os pedaços.
— Tu ouviste minha Taís! Gritou ele. Escarraram todas as loucuras e todas as abominações. Arrastaram o divino Criador de todas as coisas às gemônias dos demônios do inferno, negaram impudicamente o bem e o mal, blasfemaram Jesus e louvaram Judas. E o mais infame de todos, o chacal das trevas, o animal purulento, o ariano cheio de corrupção e de morte, abriu a boca como um sepulcro. Minha Taís tu as viste subir para ti, estas lesmas imundas e te sujarem com o seu suor pegajoso; tu vistes estes brutos adormecidos sob os risos dos escravos; tu vistes, estes animais agachados sobre os tapetes sujos com os seus vômitos; tu viste este velho insensato, esparzir um sangue mais vil do que o vinho espalhado no deboche e lançar-se ao sair da

orgia na face de Cristo que o não esperava! Louvores a Deus. Tu viste o erro e conheceste quando ele era horrendo. Taís, Taís, Taís, lembra-te das loucuras destes filósofos, e diz-me se tu queres delirar com eles. Lembra-te dos olhares, dos gestos, dos risos das tuas dignas companheiras, estas duas macacas lascivas e maliciosas, e diz se tu queres ficar semelhante a elas!

Taís, com o coração sangrando com os desgostos desta noite, e ressentindo a indiferença e brutalidade dos homens, a maldade das mulheres, o peso das horas, suspirava:

— Eu estou fatigada, capaz de morrer, ó meu pai! Onde encontrar o repouso? Eu sinto que a fronte me queima, que a cabeça está vazia e os braços cansados já não podem agarrar a felicidade, se a viessem estender ao alcance das minhas mãos...

Panuce olhava-a com bondade:

— Coragem, ó minha irmã: a hora do repouso chega para ti, branca e pura como estes vapores que tu vês subir dos jardins e das águas.

Aproximavam-se já da casa de Taís e já viam, acima da parede os cimos dos plátanos e das terebentinas, que rodeavam a gruta das Ninfas, tremerem ao orvalho pelas aragens da manhã. Uma praça pública estava diante deles, deserta, rodeada de estelas e de estátuas votivas, e tendo nas suas extremidades bancos de mármore em hemiciclo, e que sustentavam quimeras. Taís deixou-se cair sobre um destes bancos. Depois levantando para o monge um olhar ansioso, perguntou-lhe:

— Que é preciso fazer?

— É preciso, respondeu o monge seguir Aquele que te veio buscar. Ele te desliga do século, como o vindimador colhe os cachos que apodreceriam na árvore e os leva à prensa para o mudar em vinho perfumado. Escuta: Há, a doze horas de Alexandria, para o Ocidente, não longe do mar, um mosteiro de mulheres cuja regra, obra-prima da sabedoria, mereceria ser posta em versos líricos e cantada aos sons do teorbe e dos tambores. Pode-se dizer com justeza que as mulheres que aí estão submetidas, pondo os pés sobre a terra têm a fronte perto do céu. Levam neste mundo a vida dos anjos. Querem ser pobres para que Jesus as ame, modestas para que ele as olhe, castas para que as despose. Visita-as todos os dias em hábito de jardineiro, com os pés descalços e com as mãos abertas, e tal enfim, como se mostrou a Virgem Maria no caminho do Túmulo. Ora, eu conduzir-te-ei, hoje mesmo para esse mosteiro, minha Taís, e em breve unida a essas santas meninas, tu partilharás os seus celestes entretenimentos. Elas esperam-te como a uma irmã. No solar do convento, a sua mãe, a piedosa Albina, te dará o beijo da paz e te dirá: "Minha filha sede bem-vinda!"

A cortesã deu um grito de admiração:

— Albina! Uma filha dos Césares! A pequena sobrinha do imperador Carus!

— Ela mesma! Albina que, nascida na púrpura, revestiu o burel e, filha dos senhores deste mundo, se elevou à linha das servidoras de Jesus Cristo. Será a tua mãe.

Taís levantou-se e disse:

— Leva-me pois a casa de Albina.

E Panuce, acabando a sua vitória:

— Certamente aí te levarei e lá, te fecharei numa célula, onde tu chorarás os teus pecados? Porque não convém que tu te mistures com as filhas de Albina antes de seres lavada de todas as tuas sujidades. Eu selarei a tua porta, e, bem-aventurada prisioneira, tu esperarás nas lágrimas que o próprio Jesus venha, em sinal de perdão quebrar o selo que eu tiver posto. Não duvides, que ele virá, Taís; e que estremecimento agitará a carne da tua alma quando tu sentires os dedos da luz se colocarem sobre os teus olhos para enxugarem as tuas lágrimas!

Taís disse pela segunda vez:

— Leva-me, meu pai, à casa de Albina.

Com o coração inundado de alegria, Panuce passeou os seus olhares a roda de si e experimentou quase sem temor o prazer de contemplar as coisas criadas: os seus olhos bebiam deliciosamente a luz de Deus e aragens desconhecidas passavam sobre a sua fronte. De repente, reconhecendo num dos ângulos da praça pública a pequena porta pela qual se entrava para casa de Taís, e pensando que as belas árvores de que ela admirava as sombras sombreavam os jardins da cortesã, viu em pensamentos as impurezas que tinham sujado o ar, hoje tão leve e tão puro, e a sua alma ficou imediatamente tão triste e desolada que um orvalho amargo brotou do seus olhos.

— Taís, disse ele, nós vamos fugir sem voltar a cabeça. Mas não deixaremos atrás de nós nem os instrumentos testemunhas e os cúmplices dos teus crimes passados, as pinturas espessas, essas urnas de perfumes, essas lâmpadas que clamariam a tua infâmia? Queres tu que animados pelos demônios, levados pelo espírito maldito que está neles, estes móveis criminosos corram atrás de ti até ao deserto? Não é senão muito verdade que se vêem mesas de escândalo, cadeiras infames servirem de órgãos aos diabos, agir, falar, bater no solo e atravessarem os ares. Morra tudo o que viu a tua vergonha! Apressa-te Taís, e enquanto a cidade está ainda adormecida, ordena aos teus escravos para trazerem ao meio desta praça uma pilha sobre a qual queimaremos tudo o que a tua habitação contém de riquezas abomináveis.

Taís consentiu nisso.

— Faze o que tu quiseres, meu pai, disse ela. Eu sei que os objetos inanimados servem algumas vezes de estação para os espíritos. À noite, certos móveis falam, quer batendo com pancadas intervaladas regulares, quer atirando pequenos clarões semelhantes a sinais. Mas isso não é nada. Não notaste meu pai ao entrar na gruta das Ninfas à direita, uma estátua de mulher nua prestes a se banhar? Um dia vi com os meus olhos esta estátua voltar a cabeça como uma pessoa viva e retomar imediatamente a sua posição ordinária. Fiquei gelada de espanto. Nícias, a quem eu contei este prodígio, zombou de mim; portanto há alguma magia nesta estátua, porque inspirou violentos desejos a um certo Dálmata que a minha beleza deixava insensível. É certo que vivi entre as coisas encantadas e que estava exposta aos maiores perigos, porque se viram homens sufocados por terem abraçado uma estátua de ariano. No entanto é pena destruir estas obras preciosas feitas com uma rara indústria e se queimassem os meus tapetes e as minhas pinturas seria uma grande perda. Há-os cuja beleza das cores é verdadeiramente admirável e que custaram muito caro aos que mos deram. Possuo igualmente taças, estátuas e quadros cujo preço é enorme. Eu não creio que seja preciso acabar com eles. Mas tu que sabes o que é necessário, faze o que quiseres, meu pai.

Falando assim seguiu o monge até a pequena porta onde tantas coroas e grinaldas tinham sido suspensas e, tendo feito abrir, disse ao porteiro para chamar todos os escravos da casa. Quatro índios, governadores das cozinhas, foram os primeiros a aparecerem. Tinham todos quatro pele amarela e todos os quatro zarolhos. Tinha sido para Taís um grande trabalho e um grande divertimento reunir estes quatro escravos da mesma raça e atacados da mesma enfermidade. Quando serviam a mesa, excitavam a curiosidade dos convivas, e Taís forçava-os a contar a sua história. Esperaram em silêncio. Depois vieram os criados da cavalariça, os portadores de liteira e os correios com os jarretes de bronze, dois jardineiros vestidos como Príapos, seis pretos de um aspecto feroz, três escravos gregos, um gramático, outro poeta e o outro cantor. Estavam todos em fila e em ordem sobre a praça pública, quando vieram as negras curiosas e inquietas, fazendo grandes olhos, com a boca fendida até aos anéis das suas orelhas. Enfim, ajustando os seus véus e arrastando languidamente os seus pés, que estavam calçados com delgadas sandálias atadas com laço de ouro, apareceram com o ar lânguido, seis belas escravas brancas. Quando estavam todos reunidos, Taís disse-lhes mostrando Panuce:

— Fazei o que este homem vos ordenar, porque o espírito de Deus está nele, e, se lhe desobedeceis, caireis mortos.

Ela julgava com efeito, por ter ouvido dizer, que os santos do deserto tinham o poder de enterrar na terra entreaberta e fumegante os ímpios que eles batiam com o seu bastão.

Panuce mandou embora as mulheres e com elas os escravos gregos que estavam perto delas e disse aos outros:

— Trazei lenha para o meio da praça, fazei uma grande fogueira e lançai aí a pouco e pouco tudo o que contém a casa e a gruta.

Surpreendidos, ficavam imóveis e consultavam a sua senhora com os olhos. E como ela ficava inerte e silenciosa, apertavam-se uns de encontro aos outros dando-se cotoveladas duvidando se não seria uma graça.

— Obedecei, disse o monge.

Muitos eram cristãos. Compreendendo a ordem que lhes era dada, foram buscar dentro de casa madeira e tochas. Os outros imitaram-nos sem desgostos, porque eram pobres e detestavam os ricos e tinham, por instinto, o gosto da destruição. Como eles já levantavam a pilha, Panuce disse a Taís:

— Pensei um momento em chamar o tesoureiro de qualquer Igreja de Alexandria (se por acaso resta alguma que mereça o nome de igreja e que não tivesse sido sujada pelo ariano), e dar-lhe os teus bens, mulher, para os distribuir pelas viúvas e mudar assim o ganho do crime em tesouro da justiça. Mas este pensamento não vinha de Deus, e eu repeli-o e certamente seria ofender gravemente os bem-amados de Jesus Cristo em oferecer-lhe os despojos da tua luxúria. Taís tudo o que tocaste deve ser devorado pelo fogo até a alma. Graças ao céu, estas túnicas e estes véus que viram beijos mais numerosos do que as ondas do mar, não sentirão já senão os lábios e as línguas das chamas. Escravos, apressai-vos! Mais madeira! Mais chamas e tochas! E tu, mulher, entra em tua casa, despoja-te dos teus infames ornatos e vai pedir a mais humilde das tuas escravas, como favor insigne, a túnica que ela tem para lavar o chão.

Taís obedeceu. Enquanto os índios ajoelhados assopravam na fogueira, os pretos atiravam para a pilha cofres de marfim ou de ébano ou de cedro que se entreabrindo deixavam sair coroas, grinaldas e colares. O fumo subia em coluna sombria como nos holocaustos agradáveis da antiga lei. Depois o fogo que começava espalhou-se de repente e fez ouvir um gemido e um roncar de animal monstruoso, e chamas quase invisíveis começaram a devorar os seus preciosos alimentos. Então os servidores encarniçaram-se a obra; arrastavam alegremente os ricos tapetes, os véus bordados de prata, as pinturas floridas. Eles vergavam sob o peso das mesas, poltronas, coxins espessos, leitos com cavilhas de ouro. Três robustos etiópios correram trazendo abraçadas estas estátuas coloridas das ninfas de que uma tinha sido amada como uma mortal; pareciam grandes macacos a arrebatarem mulheres. Quando caindo dos braços destes monstros, as belas formas nuas se quebravam de encontro à calçada, ouvia-se um gemido.

Neste momento Taís apareceu, com os cabelos soltos, caindo em ondas, com os pés descalços e vestida com uma túnica sem forma e grosseira que, por ter somente tocado o seu corpo, se impregnava de uma voluptuosidade divina. Atrás dela vinha o jardineiro trazendo afogado na sua barba em ondas, um Eros de marfim.

Ela fez sinal ao homem para parar e aproximando-se de Panuce mostrou-lhe o pequeno deus:

— Meu pai, perguntou ela, é preciso também lançá-lo nas chamas? É de um trabalho antigo e maravilhoso e vale cem vezes o seu peso de ouro. A sua perda seria irreparável porque não houve jamais no mundo um artista capaz de fazer um tão belo Eros. Considera também meu pai que esta pequena criança é o amor e que se não deve tratar cruelmente. Crê-me: o Amor é uma virtude e, se eu pequei, não foi por ele, meu pai, foi contra ele. Nunca me censurarei do que ele me fez fazer e choro somente o que fiz contra sua vontade. Não permite às mulheres de se entregarem senão aos que vêm em seu nome. É por isso que se deve honrar. Vê Panuce, como este pequeno Eros é bonito! Como ele se esconde com graça na barba deste jardineiro! Um dia Nícias que me amava então, trouxe-me dizendo-me: "Ele te falará de mim." Mas o travesso me falou de um mancebo que eu conheci em Antióquia e não me falou de Nícias. Bastantes riquezas acabaram nesta pilha, meu pai! Conserva este Eros e coloca-o em algum mosteiro. Os que o verão voltarão a cabeça para Deus, porque o amor sabe naturalmente elevar-se para os celestes pensamentos.

O jardineiro, julgando já o pequeno Eros salvo, sorria-lhe como a uma criança, quando Panuce, arrancando os deus dos braços que o seguravam, o lançou para as chamas dizendo:

— Basta que Nícias lhe tenha tocado, para que ele espalhe todos os venenos.

Depois agarrando ele próprio a punhados as vestes cintilantes, os mantos de púrpura, as sandálias de ouro, os pentes, as esponjas, os espelhos, as lâmpadas, os teorbes e as liras lançou-os no braseiro mais suntuoso do que pilha de Sardanápalo, ao passo que, embriagados pela alegria de destruir, os escravos dançavam dando hurros debaixo de uma chuva de cinzas e faúlhas.

Um a um os vizinhos acordados pelo barulho abriam as suas janelas e procuravam, sondando com os olhos, saber donde vinha tanto fumo. Depois desceram meio vestidos à praça e aproximavam-se do braseiro:

— Que será isto? pensavam eles.

Havia entre eles mercadores aos quais Taís tinha por costume comprar perfumes ou estofos, e esses, todos inquietos, alongavam a sua cabeça amarela e seca, procurando compreender. Jovens debochados que, voltando de cear, passavam por aí, precedidos dos seus escravos, paravam, com a fronte coroada de flores, com a túnica flutuante e davam grandes gritos. Esta turba de curiosos, sem cessar crescente, soube em breve que Taís, sob a inspiração do abade de Antinoé, queimava as suas riquezas antes de se retirar para um mosteiro.

Os mercadores pensavam:

— Taís, deixa esta cidade, nada mais lhe venderemos; é terrível pensar em tal. O que seremos nós sem ela. Este monge fez-lhe perder a razão. Arruína-nos. Porque, deixá-lo continuar? Para que servem as leis? Já não há pois magistrados em Alexandria? Esta Taís não pensa em nós, nem nas nossas mulheres, nem nos nossos filhos.

Os mancebos, de seu lado pensavam:

— Se Taís renuncia aos jogos e ao amor, o que será feito dos nossos mais caros divertimentos? Ela era a glória deliciosa, a doce honra dos teatros. Fazia a alegria daqueles mesmos que a não possuíam. As mulheres que se amavam eram amadas nela; não se davam beijos senão quando ela estava ausente, porque era a volúpia das volúpias, e o único pensamento que ela respirava entre nós, esse mesmo nos excitava ao prazer.

Assim pensavam os mancebos, e um deles, chamado Cerons, que a tinha tido nos seus braços, gritava ao rapto e blasfemava o deus Cristo. Em todos os grupos, a conduta de Taís era severamente condenada:

— É uma fuga vergonhosa!

— Um cobarde abandono!

— Tira-nos o pão de cada dia.

— Leva o dote de nossas filhas.

— Pelo menos é preciso que pague as coroas que lhe vendi.

— E os sessenta vestidos que me encomendou.

— Deve a toda a gente.

— Quem representará depois dela Ifigênia, Electre e Polixena. O belo Polibo não terá tanto êxito como ela.

— Será triste viver quando a sua porta estiver fechada.

— Ela era a clara estrela, a doce lua do céu alexandrino.

Os mendigos mais célebres da cidade, cegos, coxos e paralíticos, estavam agora juntos na praça; e arrastando-se na sombra dos ricos, gemiam:

— Como viveremos quando Taís já lá não estiver para nos alimentar? As migalhas da sua mesa alimentavam todos os dias 200 desgraçados, e os seus amantes, que a deixavam, satisfeitos, atiravam-nos ao passarem punhados de peças de prata.

Ladrões, espalhados pela multidão, davam gritos ensurdecedores e empurravam toda a gente a fim de aumentarem a desordem e aproveitarem-na para ver ser poderiam deitar a mão a qualquer objeto de valor.

Somente o velho Tadeu que vendia a lã de Mileto e o linho de Tarento, e a quem Taís devia uma grande soma de dinheiro, ficava calmo e silencioso. Com o ouvido atento e com o olhar oblíquo, acariciava a sua barba de bode e parecia pensativo. Enfim tendo-se aproximado do jovem Cerons, puxou-lhe pela manga e disse-lhe baixinho:

— Tu o preferido de Taís, belo senhor, mostra-te e não permitas que um monge a leve.

— Por Polux e sua irmã, ele não o fará! Exclamou Cerons. Eu vou falar a Taís e sem me vangloriar, penso que me escutará um pouco mais do que a esse Lapite sujo de fuligem. Caminho! Caminho! canalha!

E, dando murros nos homens, atirando ao chão as velhas e pisando aos pés as crianças chegou até Taís e puxando-a para o lado:

— Bela rapariga, lhe diz ele, olha-me bem, lembra-te de mim e diz-me se verdadeiramente renuncias ao amor.

Mas Panuce metendo-se entre Taís e Cerons:

— Ímpio, exclamou ele, teme morrer se tocas nela: é sagrada e a parte de Deus.

— Vai-te daqui cenocéfalo! Replicou o mancebo furioso; deixa-me falar à minha amiga, ou arrastarei pela barba a tua carcassa obscena até esse fogo onde te assarei como um chouriço.

E estendeu a mão sobre Taís. Mas repelido pelo monge com uma rigidez inesperada cambaleou e foi cair a quatro passos atrás, ao pé do braseiro nos tições em bocados.

Entretanto o velho Tadeu ia de um para outro, puxando as orelhas aos escravos e beijando as mãos aos senhores, excitando todos contra Panuce, e já tinha formado uma pequena tropa que marchava resolutamente para o monge raptor. Cerons levantou-se com os cabelos queimados, com o rosto enegrecido sufocado de fumo e de raiva. Blasfemou contra os deuses atirou-se entre os assaltantes atrás dos quais os mendigos grimpavam agitando as suas muletas. Panuce esteve em breve encerrado num círculo de punhos cerrados, de bastões levantados e de gritos de morte.

— Aos corvos! O monge; aos corvos!

— Não, atirai-o para o fogo. Assai-o vivo!

Tendo agarrado a sua bela presa ele apertava-a de encontro ao coração.

— Ímpios, gritava ele com uma voz de trovão, não experimentai arrancar a pomba à águia do Senhor. Mas pelo contrário, imitai esta mulher e como ela, mudai a vossa lama em ouro. Renunciai a seu exemplo, aos falsos bens que julgais possuir e que vos possuem. Apressai-vos: os dias estão próximos e a paciência divina começa a esgotar-se. Arrependei-vos, confessai a vossa vergonha, chorai e orai. Caminhai nos rastos de Taís. Detestai os vossos crimes que são tão grandes como os dela. Qual de vós, pobres ou ricos, mercadores, soldados, escravos, ilustres cidadãos, ousaria dizer diante de Deus, que é melhor do que uma prostituta. Não sois todos senão viventes imundícies e é por um milagre da bondade celeste que não vos transformais imediatamente num regato de lama.

Enquanto ele falava, chamas brotavam das suas pupilas; parecia que carvões ardentes saíam dos seus lábios, e os que o rodeavam escutavam-no malgrado seu.

Mas o velho Tadeu não ficava ocioso. Apanhava pedras e conchas de ostras, que escondia numa aba da sua túnica, e não ousando ele mesmo atirá-las, deslizava-as para as mãos dos mendigos. Em breve as pedras voaram e uma concha veio, bem atirada, fender a fronte de Panuce. O sangue que corria sobre esta sombria face de mártir, gotejava, para um novo batismo sobre a cabeça da penitente, e Taís, opressa pelo abraço do monge, com a carne delicada friccionada de encontro a veste grosseira de cilício, sentia correr por ela as fricções do horror e do medo.

Neste momento um homem elegantemente vestido, com a fronte coroada de aipo silvestre abrindo caminho no meio dos furiosos, exclamou:

— Parai! Parai! Este monge é meu irmão!

Era Nícias que, vindo de fechar os olhos ao filósofo Eucrites, e que, passando por esta praça para ir para casa, tinha visto sem muita surpresa (porque de nada se espantava) o braseiro fumegante, Taís vestida de burel e Panuce apedrejado.

Repetia:

— Detende-vos, vos digo; poupai o meu velho condiscípulo; respeitai a querida cabeça de Panuce.

Mas habituado às sutis conversações dos sábios, não tinha a imperiosa energia que submete os espíritos populares. Não o escutavam. Uma chuva de pedras e conchas caía sobre o monge que, cobrindo Taís com o seu corpo, louvava o senhor cuja bondade lhe trocava as feridas em doces carícias.

Desesperando de se fazer ouvir e muito certo de não salvar o seu amigo quer pela força, quer pela persuasão, Nícias resignava-se já a deixar agir os deuses, em quem ele tinha pouca confiança, quando lhe veio à cabeça usar de um estratagema que o seu desprezo dos homens lhe tinha de repente sugerido. Desatou a sua bolsa que estava cheia de ouro e de prata, sendo a de um homem voluptuoso e caridoso; depois correu para todos aqueles que atiravam pedras e fez tilintar a bolsa aos seus ouvidos. Ao princípio não lhe prestaram atenção tanto o seu furor era violento; mas pouco a pouco os seus olhares voltaram-se para o ouro que tilintava e em breve os seus braços amortecidos não atormentaram mais a sua vítima. Vendo que tinha atraído os seus olhos e as suas almas, Nícias abriu a bolsa e pôs-se atirar para o meio da multidão algumas peças de ouro e de prata. Os mais ávidos baixaram-se para as apanhar. O filósofo, feliz deste primeiro sucesso, atirou com destreza para aqui e para ali os dinheiros e as dracmas.

Ao som das peças de metal que saltavam sobre a rua, o grupo dos perseguidores lançou-se por terra. Mendigos, escravos e mercadores se davam empurrões à vontade, ao passo que, agrupados à roda de Cerons, os patrícios olhavam para este espetáculo desatando a rir. Até o próprio Cerons perdeu a sua cólera. Os seus amigos encorajavam os rivais prostrados, escolhiam campeões e faziam apostas, e, quando nasciam disputas excitavam estes miseráveis como se fazem aos cães que se batem. Um coxo tendo conseguido apanhar uma dracma, aclamações se elevaram até às nuvens. Os mancebos puseram-se também a lançar peças de dinheiro e não se viu sobre a praça senão uma infinidade de dorsos que, sob uma chuva de metal, se entrechocavam como as ondas de um mar encolerizado. Panuce estava esquecido.

Nícias correu para ele, cobriu-o com o seu manto e arrastou-o com Taís para as ruelas onde não fossem perseguidos. Correram algum tempo em silêncio, depois, julgando-se fora do ataque, abrandaram o passo e Nícias disse com um tom de zombaria triste:

— Está então tudo acabado! Plutão arrebatou Proserpina, e Taís quer seguir longe de nós o meu feroz amigo.

— É verdade Nícias, respondeu Taís, estou fatigada de

viver com os homens como tu, sorridentes, perfumados, benévolos e egoístas. Estou cansada de tudo o que conheço. Senti que a alegria não era a alegria e eis que este homem me ensina que a verdadeira alegria está na dor. Creio-o porque ele possui a verdade.

— E eu, minha amiga, replicou Nícias, sorrindo, possuo as verdades. Há mais do que uma; tenho-as todas. Sou mais rico que ele, e não sou, para dizer a verdade, nem mais orgulhoso nem mais feliz.

E vendo que o monge lhe lançava olhares de rancor:

— Querido Panuce, não creias que te ache extremamente ridículo, nem mesmo inteiramente sem razão. E se comparar a minha vida à tua, não poderia dizer qual é a preferível em si. Vou daqui a bocado tomar o banho que Crobile e Mirtale, me terão preparado, comerei a asa de um faisão de Fase, depois lerei, pela centésima vez, alguma fábula de Apuleu ou algum tratado de Pórfiro. Tu, alcançarás a tua célula onde, ajoelhando-te como um camelo dócil, ruminarás não sei que fórmulas de encantação há muito tempo remascadas e à noite comerás nabos sem azeite. Pois bem! meu caro, cumprindo com estes atos, dessemelhantes quanto à aparência, obedecemos ambos ao mesmo sentimento, único móbil de todas as ações humanas; procuraremos ambos a nossa volúpia e propor-nos-emos um fim comum: a felicidade, a impossível felicidade! Teria pois pouca graça dizendo que não tens razão, querida cabeça, dando-me razão a mim.

"E tu minha Taís, vai e alegra-te, sede mais feliz ainda, se é possível, na abstinência e na austeridade, do que foste nas riquezas e nos prazeres. Para tudo dizer, proclamo-te digna de inveja. Porque se em toda a nossa existência, obedecendo à nossa natureza, Panuce e eu, tendo perseguido senão uma só espécie de satisfação, tu terás experimentado na vida, querida Taís, volúpias contrárias que raramente se dão a uma mesma pessoa conhecer. Na realidade, eu queria ser por uma hora, um santo como Panuce. Mas isso não me é permitido. Adeus pois, Taís! Vai para onde te conduzem os poderes secretos da tua natureza e do teu destino. Vai, e leva para o longe os votos de Nícias. Conheço a inanidade deles; mas posso dar-te outra coisa melhor que as penas estéreis e os vãos vôos por preços de ilusões deliciosas que me envolviam outrora nos teus braços e de que me resta a sombra? Adeus, minha benfeitora! Adeus, bondade que se ignora, virtude misteriosa, volúpia dos homens! Adeus ó mais adorável das imagens que a natureza lançou para um fim desconhecido, sobre a face deste mundo enganador.

Ao passo que ele falava, uma sombria cólera se abafava no coração do monge; rebentou em imprecações.

— Vai-te, maldito! Desprezo-te e odeio-te! Vai-te, filho do Inferno, mil vezes mais mau que estes pobres perdidos que, ainda agora me lançavam pedras com injúrias. Eles não sabiam o que faziam e a graça de Deus, que eu imploro para eles, possa um dia descer para os seus corações. Mas tu, detestável Nícias, tu não és senão um pérfido e amargo veneno. O arfar da tua boca exala o desespero e a morte. Um só dos teus sorrisos contém mais blasfêmias do que saem durante um século inteiro dos lábios fumegantes de Satanás. Para trás, condenado às penas eternas!

Nícias olhava para ele com ternura.

— Adeus, meu irmão, lhe disse ele, e possas tu conservar até à consumação dos séculos, os tesouros da tua fé, do teu ódio e do teu amor! Adeus! Taís: em vão tu me esquecerás, visto que eu guardo a tua lembrança.

E, deixando-os foi-se pensativo pelas ruas tortuosas que avizinham a grande necrópole de Alexandria e que habitam os oleiros fúnebres. As suas lojas estavam cheias destes figurinos de argila, pintados de cores claras, que representam deuses e deusas, mimos, mulheres, pequenos gênios alados e que se tem o hábito de enterrar com os mortos. Pensou que talvez algum destes leves simulacros, que ele ali via com os seus olhos, fossem companheiros do seu sono eterno; e pareceu-lhe que um pequeno Eros com a sua túnica arregaçada, ria com um riso zombeteiro. A idéia dos seus funerais, que ele via adiantadamente, era-lhe penosa. Para remediar a sua tristeza, experimentou a filosofia e constituiu um raciocínio:

— Certamente diz ele para consigo, o tempo não tem realidade. É uma pura ilusão do nosso espírito. Ora, se ele não existe, como é que poderia trazer a minha morte?... Deve-se dizer que eu viverei eternamente?... Não! Mas concluo que a minha morte é, e foi sempre como nunca será. Não a sinto ainda, no entanto ela existe e eu não a devo temer, porque seria loucura temer a vinda do que sucedeu. Existe como a derradeira página de um livro que eu li e que não acabei.

Este raciocínio ocupou-o sem o alegrar durante todo o caminho; tinha a alma nas trevas quando, chegado ao solar da sua casa, ouviu os risos claros de Crobile e de Mirtale, que jogavam a pela enquanto esperavam por ele.

Panuce e Taís saíram da cidade pela porta da Lua e seguiram a margem do mar.

— Mulher, dizia o monge, todo este mar azul não poderia lavar as tuas manchas.

Falava-lhe com cólera e desprezo:

— Mais imundo do que os currais e atalhos, tu prostituíste aos pagãos e aos infiéis o teu corpo, que o Eterno tinha formado para se fazer dele um tabernáculo, e as tuas impurezas são tais que, agora que conheces a verdade, não podes já unir os teus lábios ou juntar as mãos sem que o nojo de ti mesma não te sobressalte o coração.

Ela seguia-o docilmente, por ásperos caminhos, sob o ardente sol. A fadiga rompia os seus joelhos e a sede inflamava o seu respirar. Mas, longe de inspirar esta falsa piedade que amolece os corações profanos, Panuce alegrava-se com os sofrimentos expiatórios desta carne que tinha pecado. No transporte de um santo zelo, quisera rasgar com vergas este corpo que guardava a beleza como uma testemunha evidente da sua infâmia. As suas meditações alimentavam o seu piedoso furor e, ao lembrar-se que Taís tinha recebido Nícias no seu leito, formou disso uma idéia tão abominável que o sangue lhe fugiu todo para o coração e o seu peito quase que estalava. Os seus anátemas sufocados na garganta, deram lugar a rangeres de dentes. Saltou, levantou-se diante dela, pálido, terrível, cheio de Deus, olhou-a até a alma, e cuspiu-lhe no rosto.

Tranqüila enxugou a face sem deixar de caminhar. Agora ele seguia-a, tendo o seu olhar nela como num abismo. Ia, santamente irritado. Meditava em vingar o Cristo afim de o Cristo se não vingar, quando viu uma gota de sangue que do pé de Taís corria sobre a areia. Então, sentiu o frescor de uma aragem desconhecida lhe entrar no coração aberto, soluços lhe vieram abundantes, chorou, correu a prosternar-se diante dela chamou-a sua irmã, beijou-lhe os pés que sangravam. Murmurou cem vezes:

— Minha irmã, minha irmã, minha mãe, ó muito santa!

Orou:

— Anjos do céu, recolhei piedosamente esta gota de sangue e levai-a para diante do trono do Senhor. E que uma anêmona milagrosa floresça na areia orvalhada pelo sangue de Taís, a fim de que todos os que virem esta flor, recobrem a pureza do coração e dos sentidos! Oh! santa, santa, muito santa Taís!

Quando orava e profetizava assim, um rapazinho vinha a passar sobre um burro. Panuce ordenou-lhe que descesse e aí fez sentar Taís, agarrou nas rédeas e seguiu o caminho começado. Pela noite, tendo encontrado um canal sombreado de belas árvores, prendeu o burro ao tronco de uma tamareira, e sentando-se sobre uma pedra, dividiu com Taís um pão que comeram com sal e hissope. Bebiam água fresca no cavado da sua mão e entretinham-se com as coisas eternas. Ela dizia:

— Nunca bebi de uma água tão pura nem nunca respirei um ar tão leve e sinto que Deus flutua pelas aragens que passam.

Panuce respondia:

— Vês, é noite, minha irmã. As sombras azuladas da

noite cobrem as colinas. Mas em breve verás brilhar na aurora os tabernáculos da vida.

Caminharam toda a noite cantando salmos e cânticos. Quando o sol nasceu, o deserto estendia-se diante eles como uma enorme pele de leão sobre a terra líbia. Ao nível da areia células brancas se elevavam perto de palmeiras, na aurora.

— Meu pai, perguntou Taís, são esses os tabernáculos da vida?

— Tu o disseste minha filha e irmã. É a casa de salvação onde te encerrarei por minha mãos.

Em breve descobriram de todas as partes mulheres que se apressavam perto das habitações ascéticas como abelhas à roda da colméia. Havia algumas que cozinhavam o pão ou que arranjavam os legumes; muitas fiavam lã e a luz do céu descia sobre elas assim como um sorriso de Deus. Outras meditavam à sombra dos tamaris; as suas mãos brancas pendiam para o seu lado, porque estando cheias de amor, tinham escolhido a parte de Madalena e não cumpriam com outras obras senão a oração, o êxtase e a contemplação. Era por isso que as chamavam as Marias e estavam vestidas de branco. E as que trabalhavam com as suas mãos eram chamadas as Martas e tinham vestidos azuis. Todas andavam veladas, mas as mais moças deixavam aparecer sob os seus véus, caracóis de louros cabelos; é para acreditar que era contra sua vontade, porque a regra não o permitia.

Uma dama já muito idosa, grande, branca, andava de célula em célula apoiada a um cetro de pau duro. Panuce aproximou-se dela com respeito, beijou-lhe as franjas do véu, e disse:

— A paz do Senhor esteja contigo, venerável Albina! Trago-te para o cortiço de que tu és a rainha, uma abelha que achei perdida, num caminho sem flores. Agarrei-a com a mão e aqueci-a com o meu hálito. Dou-te.

E designou-lhe com o dedo a comediante que se ajoelhou diante da filha dos Césares.

Albina deteve um momento o seu olhar escrutador sobre Taís, ordenou-lhe que se levantasse, beijou-a na fronte, depois, voltando-se para o monge:

— Colocá-la-emos, diz ela, entre as Marias.

Panuce contou-lhe então por que vias, Taís tinha sido conduzida à casa de salvação e pediu-lhe para que ela fosse ao princípio encerrada numa célula. A abadessa consentiu nisso, levou a penitente para uma cabana que tinha ficado vazia depois da morte da virgem Laeta que a tinha santificado. Não havia no estreito quarto senão uma cama, uma mesa e uma bilha, e Taís, quando pousou os pés no limiar, ficou cheia de uma alegria infinita.

— Quero eu próprio fechar a porta, diz Panuce, e colocar o selo que Jesus virá quebrar com as suas próprias mãos.

Foi buscar à borda da fonte um pouco de argila úmida, aí colocou um dos seus cabelos com um pouco de saliva e aplicou-o a uma das fendas da porta. Depois tendo-se aproximado da janela perto da qual Taís estava pacífica e contente, caiu de joelhos, louvou três vezes o Senhor e exclamou:

— Como é amável, a que marchou nos caminhos da vida! Como os seus pés são belos e como o seu rosto é resplandecente!

Levantou-se, beijou o seu cilício e afastou-se lentamente.

Albina chamou uma das suas virgens.

— Minha filha, diz-lhe ela, vai levar a Taís o que lhe é necessário; pão, água e uma flauta com três orifícios.

O EUFÓRBIO

Panuce estava de volta ao santo deserto. Tinha tomado, perto de Atribis, o navio que subia o Nilo para trazer víveres ao mosteiro do abade da Serapion. Quando desembarcou, os seus discípulos vieram ao seu encontro com grandes demonstrações de alegria. Uns levantavam os braços ao céu; outros prostrados por terra, beijavam as sandálias do abade. Porque eles já sabiam o que o santo tinha conseguido na Alexandria. Era assim que os monges recebiam ordinariamente por vias desconhecidas e rápidas, os avisos que interessavam a segurança ou a glória da igreja. As novas corriam no deserto com a rapidez do Simum.

E enquanto Panuce se enterrava nas areias, os seus discípulos seguiam-no louvando o Senhor. Flaviano, que era o mais antigo de seus irmãos, tomado de repente de um piedoso delírio, pôs-se a cantar um cântico inspirado:

— Dia abençoado! Eis que o nosso pai volta!

— "Volta para nós carregado de novos méritos cujo valor nos será contado!

"Porque as virtudes do pai são a riqueza dos filhos e a santidade do abade embalsama todas as células.

"Panuce nosso pai, acaba de dar a Jesus Cristo uma nova esposa.

"Ele transformou pela sua arte maravilhosa uma ovelha preta em ovelha branca.

"E eis que volta para nós carregado de novos méritos.

"Semelhante a abelha de Arsinoitide, que entorpeceu o néctar das flores.

"Comparável ao carneiro da Núbia, que mal pode suportar o peso da sua lã abundante.

"Celebremos este dia adubando os nossos pratos com azeite."

Chegados ao limiar da cela do abade, puseram-se todos de joelhos e disseram:

— Que o nosso pai nos abençoe e que nos dê a cada um uma medida de azeite para festejar a sua volta!

Somente, Paulo o Simples, estando de pé, perguntava: "Quem é este homem?", e não reconhecia Panuce. Mas ninguém prestava atenção ao que ele dizia, porque o sabiam desprovido de inteligência, ainda que cheio de piedade.

O abade de Antinoé, encerrado na sua cela, pensou:

— Até que enfim, realcancei o asilo do meu repouso e da minha felicidade. Entrei pois na cidadela do meu contentamento.

Porque é que este caro teto de canaviais não me acolhe como amigo e os muros não dizem: Sede bem-vindo! Nada, desde a minha partida, mudou nesta habitação de eleição. Eis aqui a minha mesa e o meu leito. Eis a cabeça de múmia que tantos pensamentos salutares me inspirou, e eis aqui o livro onde tantas vezes procurei as imagens de Deus. E no entanto nada acho do que deixei. As coisas aparecem-me tristemente despojadas das suas graças habituais e parece-me que as vejo hoje pela primeira vez. Olhando esta mesa e esta cama, que eu outrora talhei com as minhas próprias mãos, esta cabeça negra e dessecada, estes rolos de Papirus, cheios de coisas ditadas por Deus, julgo ver os móveis de um morto. Depois de os ter conhecido por tanto tempo, já os não reconheço. Ora! Visto que nada mudou na realidade à roda de mim, fui eu que mudei. Estou um outro. O morto, era eu. Que é feito dele, meu Deus? Que levou ele? Que me deixou? E quem sou eu?

E inquietava-se sobretudo de achar contra sua vontade que a sua célula era pequena ao passo que considerando-a com os olhos da fé, devia estimá-la imensa, visto que o infinito Deus, aí começava.

Tendo-se posto a orar, a fronte de encontro à terra, recobrou um pouco de alegria. Havia apenas uma hora que estava em oração, quando a imagem de Taís passou diante de seus olhos. Rendeu graças à Deus.

— Jesus! És tu que me envias. Aí reconheço eu a tua imensa bondade: Tu queres que eu sossegue, me tranqüilize à vista daquela que eu te dei. Tu apresentas aos meus olhos o seu sorriso agora desarmado, a sua graça de ora em diante inocente, a sua beleza a que eu arranquei o aguilhão. Para me adular, meu Deus, tu a mostras tal qual eu a ornei e purifiquei em tua intenção, como um amigo lembra sorrindo ao seu amigo o presente que recebeu. É por isso que eu vejo esta mulher com prazer, seguro de que essa visão vem de ti. Tu bem queres não esquecer que eu a dei a ti, meu Jesus. Guarda-a, visto que ela te agrada, e não permitas sobretudo que os seus encantos brilhem para outros além de ti.

Durante toda a noite não pôde dormir e viu Taís mais distintamente do que a tinha visto na gruta das Ninfas. Tranqüilizou-se dizendo:

— O que eu fiz, fi-lo pela glória de Deus.

No entanto, com grande surpresa sua, não obtinha a paz do coração. Ele suspirava.

— Porque estás tu triste, minha alma, e porque me perturbas tu?

E a sua alma ficava inquieta. Ficou trinta dias neste estado de tristeza que pressagia ao solitário terríveis provas. A imagem de Taís não o deixava nem de dia nem de noite. Não a punha fora do seu espírito porque pensava ainda que ela vinha de Deus e que era a imagem de uma santa. Mas, uma manhã, ela visitou-o em sonhos, com os cabelos cingidos de violetas, e tão para temer na sua doçura, que ele gritou de espanto e acordou banhado de suor gelado. Os olhos ainda meio fechados, pelo sono, sentiu um hálito úmido e quente passar-lhe pelo rosto: um pequeno chacal, com as duas patas pousadas à cabeceira do leito, lhe atirava ao rosto o seu hálito purulento e ria do fundo da sua garganta.

Panuce experimentou um imenso espanto e pareceu-lhe que uma torre se abismava debaixo de seus pés. E, com efeito, caía do alto da sua confiança abalada. Esteve durante algum tempo incapaz de pensar; depois, tendo recobrado a presença de espírito, a sua meditação não fez senão crescer a sua inquietação.

— De duas, uma, disse ele consigo, ou esta visão, assim como as precedentes, vem de Deus; ela era boa e foi a minha perversidade natural que a estragou como o vinho se azeda num copo sujo. Mudei, pela minha indignidade, a edificação em escândalo, de que o chacal diabólico tirou imediatamente vantagens. Ou então esta visão, vem não de Deus, mas, pelo contrário, do diabo, e ela estava empestada. E neste caso, duvido presentemente, se as precedentes tinham como julguei, uma celeste origem. Sou pois incapaz desta espécie de distinção, que é necessária ao asceta. Nos dois casos, Deus me marca um afastamento de que eu sinto os efeitos sem me explicar a causa.

Raciocinava desta maneira e orava com angústia:

— Deus justo, a que provas, reservas tu, os teus servidores, se as aparições das tuas santas, são um perigo para eles? Faz-me conhecer, por um sinal inteligível, o que vem de ti e o que vem do outro.

E como Deus, cujos desígnios são impenetráveis, não julgou conveniente esclarecer o seu servidor, Panuce mergulhado na dúvida, resolveu não pensar mais em Taís. Mas a sua resolução ficou estéril. A ausente estava sobre ele. Ela olhava-o enquanto lia, meditava, orava ou enquanto contemplava. A sua aproximação ideal era precedida por um ligeiro ruído, tal como o de um estofo que uma mulher roça quando anda, e estas visões tinham uma exatidão, que as realidades não oferecem, as quais são por si mesmas, móveis e confusas, ao passo que os fantasmas, que procedem da solidão, trazem os profundos caracteres e apresentam uma fixidez poderosa.

Ela aparecia-lhe sob diversas formas; ora pensativa, com a fronte cingida da sua última coroa murcha, vestida como nos banquetes de Alexandria, com um vestido cor de malva, semeado de flores de prata; ora voluptuosa na nuvem dos seus vaporosos véus e banhada ainda das tépidas sombras da gruta das Ninfas; ora piedosa e radiante, sob o burel, com uma alegria celeste; ora trágica, com os olhos nadando no horror da morte e mostrando o seu peito nu, ornado do sangue do seu coração aberto. O que o inquietava mais nestas visões, era que as coroas, as túnicas, os véus, que ele tinha queimado com as suas próprias mãos pudessem assim voltar; era para ele evidente que estas coisas tinham uma alma imorredoura e exclamava:

— Eis que as almas inumeráveis dos pecados de Taís, vêm para mim!

Quando voltava a cabeça, sentia Taís atrás de si e cada vez estava mais inquieto. As suas misérias eram cruéis. Mas como a sua alma e o seu corpo ficavam puros no meio das tentações, tinha confiança em Deus, e fazia-lhe ternas censuras.

— Meu Deus, se eu fui procurá-la tão longe entre os gentios, era para ti, não para mim. Não seria justo que eu participe do que fiz no teu interesse! Protege-me. Meu doce Jesus! meu Salvador, salva-me! Não permitas que o fantasma consiga o que não conseguiu o corpo. Quando eu triunfei da carne, não permitas que a sombra me aterrorize. Eu conheço que estou exposto presentemente a perigos maiores que os que jamais corri. Experimento e sei que o sonho tem maior poder que a realidade. E como poderia ser de outra maneira, visto que ele mesmo é uma realidade superior? É a alma das coisas. O próprio Platão, ainda que não fosse um idólatra, reconheceu a existência própria das idéias. Neste banquete dos demônios onde tu me acompanhaste, Senhor, eu ouvi homens, é verdade, sujos de crimes, mas não, certamente, faltos de inteligência, concordarem em reconhecer que apercebemos na solidão, na meditação e êxtases, objetos verdadeiros; e a tua Escritura, meu Deus, atesta muitas vezes a virtude dos sonhos e a força das visões formadas, quer por ti, Deus esplêndido, quer pelo teu adversário.

Um homem moço estava nele e agora raciocinava com Deus, e Deus em nada se apressava a iluminá-lo. As suas noites não eram mais do que um longo sonho, e os seus dias não se distinguiam em nada das noites. Uma manhã acordou dando suspiros tais como os que saem, à claridade da lua, dos túmulos que encerram as vítimas dos crimes. Taís tinha vindo, mostrando os seus pés ensangüentados, e enquanto ele chorava, ela tinha deslizado para o seu leito. Já não tinha mais dúvidas: a imagem de Taís era uma imagem impura.

Com o coração angustiado de desgosto, arrancou-se do seu leito assoalhado e escondeu a face nas mãos, para não mais ver o dia. As horas corriam sem levar a sua vergonha. Tudo se calava na sua célula. Pela primeira vez, depois de longos dias, Panuce estava só. O fantasma tinha-o enfim deixado, e a sua ausência mesmo era medonha. Nada, nada que o distraísse da lembrança do sonho. Pensava, cheio de horror:

— Como é que eu o não repilo? Como é que eu me não arranquei dos seus frios braços e dos seus joelhos ardentes?

Não ousava já pronunciar o nome de Deus perto deste leito abominável e temia que, a sua cela estivesse profanada, e que os demônios aí penetrassem quando quisessem. Os seus temores não o enganavam. Os sete pequenos chacais, retidos um pouco no limiar, entraram a correr e foram fazer cabriolas sobre o leito.

À hora das ave-marias, viu um oitavo cujo odor era infecto. No dia seguinte, um nono se juntou aos outros e em breve aí tinha trinta, depois sessenta, até oitenta. Faziam-se menores à medida que se multiplicavam e, não sendo já maiores do que um rato, cobriam já a arca, a cama e o escabelo. Um deles tendo saltado para a pequenina mesa de madeira colocada à cabeceira da cama, com as quatro patas reunidas sobre a cabeça do morto, olhava o monge com olhos ardentes. E todos os dias vinham novos chacais.

Para expiar a abominação do seu sonho e fugir aos pensamentos impuros, Panuce resolveu deixar a sua célula de ora em diante imunda, e de se entregar no mais profundo do deserto a austeridades inauditas, a trabalhos singulares, a obras inteiramente novas.

Mas antes de proceder ao seu desígnio, foi ter com o velho Palemon, a fim de lhe pedir conselho.

Encontrou-o, no seu jardim, a regar as suas alfaces. Estava-se já no crepúsculo. O Nilo corria azul e perto de colinas violetas. O bom homem caminhava devagarzinho para não amedrontar uma pomba que estava pousada sobre o seu ombro.

— O Senhor, diz ele, esteja contigo irmão Panuce! Admira a sua bondade: envia-me animais que criou para que eu me entretenha com eles nas suas obras e a fim de que eu o glorifique com as aves do céu. Vê esta pomba, olha os tons matizados do colo, e diz-me se não é uma bela obra de Deus. Mas não tens tu, meu irmão, que me entreter com qualquer piedoso assunto? Se assim é, porei por terra o meu regador e te escutarei.

Panuce contou ao velho a sua viagem, a sua volta, as visões dos seus dias, os sonhos das noites, sem omitir o sonho criminoso e a multidão dos chacais.

— Não pensas, tu, meu pai, ajuntou ele, que eu devo internar-me no deserto, a fim de aí fazer trabalhos extraordinários e espantar o diabo com as minhas austeridades?

— Eu não sou senão um pobre pecador, respondeu Palemon, e eu conheço mal os homens, tendo passado toda a minha vida neste jardim, com gazelas, pequenas lebres e pombos. Mas parece-me, meu irmão, que o teu mal vem sobretudo do que tu passaste sem transição das agitações do século para a calma da solidão. Estas bruscas passagens não podem senão prejudicar à saúde da alma. É de ti, meu irmão, como de um homem que se expõe quase ao mesmo tempo a um grande calor e a um grande frio. A tosse agita-o e a febre atormenta-o, no teu lugar, irmão Panuce, longe de me retirar imediatamente nalgum deserto terrível, tomaria as distrações que conviria a um monge e a um santo abade. Eu visitaria os mosteiros da vizinhança.

"Há-os admiráveis, segundo o que se conta.

"O do abade Serapion contém, me disse ele, 1.432 células, e os monges aí estão divididos em tantas legiões como de letras há no alfabeto grego. Asseguram mesmo que certas relações são observadas entre o caráter dos monges e a figura das letras que os designam e que, pelo exemplo, os que são colocadas sob Z têm o caráter tortuoso, ao passo que os legionários colocados no I têm o espírito perfeitamente direito. Se eu fosse a ti, meu irmão, iria assegurar-me por meus próprios olhos e eu não teria repouso se não tivesse contemplado uma coisa tão maravilhosa, se deixasse de estudar as constituições das diversas comunidades que estão semeadas nos bordos do Nilo, afim de poder compará-las entre si. São cuidados convenientes a um religioso tal como tu. Certamente não deixaste de ouvir dizer que o abade Efrem redigiu regras espirituais de uma grande beleza. Com a sua permissão, tu poderias copiá-los, tu que és um hábil escriba. Eu, não o poderia; e as minhas mãos, acostumadas a manejar a enxada não teriam a agilidade que é preciso ter para conduzir sobre o papiro o delgado estilete do escrivão. Mas tu, meu irmão, tu possuis o conhecimento das letras e deve-se agradecer a Deus, porque não poderia admirar uma bela escrita. O trabalho de copista e de leitura oferece grandes recursos contra os maus pensamentos. Irmão Panuce, porque não pões tu por escrito os ensinos de Paulo e de Antônio, nossos pais? Pouco a pouco, tu encontrarás nestes piedosos trabalhos a paz da alma e dos sentidos; a solidão tornar-se-á amável para o teu coração e em breve estarás em estado de retomar os trabalhos ascéticos que tu praticavas outrora e que a tua viagem interrompeu. Mas não se deve esperar um grande bem de uma penitência excessiva. No tempo em que estava entre nós, o nosso pai Antônio tinha por hábito dizer: "O excesso de jejum produz a fraqueza e a fraqueza transforma-se em inércia. Há monges que arruínam o seu corpo por abstinências indiscretamente prolongadas. Pode se dizer destes que mergulham o punhal no seio e que se entregam inanimados ao poder do demônio." Assim falava o santo homem Antônio; eu não sou senão um ignorante, mas com a graça de Deus, retive os propósitos do nosso pai."

Panuce deu graças a Palemon e prometeu meditar nos seus conselhos. Tendo franqueado a barreira dos caniços que fechava o pequeno jardim, voltou a cabeça e viu o bom jardineiro que regava as suas saladas, ao passo que a pomba se balançava sobre o seu dorso arredondado. A esta vista teve vontade de chorar.

Ao entrar na sua célula, achou um estranho formigamento. Dir-se-iam grãos de areia agitados pelo vento furioso, e reconheceu, que eram miríades de pequenos chacais. Nessa noite, viu em sonhos uma alta coluna de pedra, encimada com uma figura humana e ouviu uma voz que dizia:

— Sobe a esta coluna! Quando acordou, persuadido de que este sonho lhe era enviado do céu, juntou os seus discípulos e assim lhes falou:

— Meus filhos, bem-amados, deixo-vos para ir onde Deus me envia. Durante a minha ausência, obedecei a Flaviano como se fosse a mim próprio e tomai cuidado com o nosso irmão Paulo. Sede benditos. Adeus.

Enquanto ele se afastava, ficaram prosternados por terra e, quando levantaram a cabeça, viram a sua grande forma negra no horizonte arenoso.

Caminhou noite e dia, até que alcançou as ruínas deste templo construído outrora pelos idólatras e no qual tinha dormido com os escorpiões e sirenas, quando da sua viagem maravilhosa. Os muros cobertos de sinais mágicos estavam de pé. Trinta fustes gigantescos que terminavam por figuras humanas ou em flores de lotus e tinham ainda enormes colunas de pedra. Somente na extremidade do templo, uma destas colunas tinha sacudido a sua cimalha antiga e se

131

elevava só e livre das outras. Tinha por capitel a cabeça de uma mulher com olhos rasgados, de faces redondas, sorrindo e tendo na fronte cornos de vaca.

Panuce vendo-a reconheceu a coluna que tinha visto em sonhos e avaliou que teria uma altura de 32 côvados. Tendo ido à aldeia vizinha, mandou fazer uma escada desta altura e, quando a escada foi aplicada à coluna, aí subiu, ajoelhou-se sobre o capitel e disse ao Senhor:

— Eis pois, meu Deus, a habitação que tu mes escolheste. Posso aí ficar na tua graça até à hora da minha morte.

Não tinha tomado nenhuns víveres, entregando-se à Providência divina e contando que aldeões caridosos lhe dariam com que subsistir. E com efeito, no dia seguinte, pelas ave-marias, mulheres vieram com os seus filhos, trazendo pães, tâmaras e água fresca, que os rapazes levaram até ao festão da coluna.

O capitel não era suficientemente largo para que o monge pudesse aí se estender ao comprido, de maneira que ele dormia com as pernas cruzadas e com a cabeça de encontro ao peito, e o sono era para ele uma fadiga mais cruel do que a vigília. Na aurora, os gaviões afloravam-no com as suas asas, e acordava cheio de angústia e de espanto.

Aconteceu, que o carpinteiro que fez a escada, era temente a Deus. Comovido pelo pensamento que o santo estava exposto ao sol e à chuva, e temendo que este homem caísse durante o sono, este homem piedoso fez sobre a coluna um teto e uma balaustrada.

Entretanto o renome de uma tão maravilhosa existência se espalhava de aldeia em aldeia e os trabalhadores vinham do vale, ao domingo, com as suas mulheres e filhos contemplar o estilita. Os discípulos de Panuce, tendo sabido com admiração o lugar da sua estada sublime, foram ter com ele e obtiveram dele o favor de construírem cabanas ao pé da coluna. Todas as manhãs, vinham-se pôr em círculo à roda do mestre que lhes dizia palavras de edificação:

— Meus filhos, dizia-lhes ele, ficai semelhantes a estas criancinhas que Jesus amava. Aí está a salvação. O pecado da carne é a origem e o princípio de todos os pecados: saem dele como de um pai. O orgulho, a avareza, a preguiça, a cólera e a inveja são a sua posteridade bem-amada. Eis o que eu vi em Alexandria: vi os ricos levados pelo vício da luxúria que, semelhante a um rio de lodo limoso, os impelia para o abismo amargo.

Os abades Efrem e Serapion instruídos de uma tal nova, quiseram vê-la com os seus próprios olhos. Descobrindo ao longe sobre o rio a vela em triângulo que os levava para ele, Panuce não se pôde impedir de pensar que Deus a tinha elevado para exemplo dos solitários. À sua vista, os dois santos abades não dissimularam a sua surpresa; tendo se consultado entre si concordaram em fazerem uma penitência tão extraordinária, e exortarem Panuce a descer.

— Um tal gênero de vida é contrário ao uso, diziam eles; é singular e de toda a regra.

Mas Panuce respondeu-lhes:

— O que é pois a vida monacal senão uma vida prodigiosa? E os trabalhos do monge não devem ser singulares como ele? Foi por um sinal de Deus que eu subi aqui; será um sinal de Deus que daqui me fará descer.

Todos os dias, religiosos vinham em bando juntarem-se aos discípulos de Panuce e construíam abrigos à roda da ermida ariana. Muitos dentre eles, para imitarem o santo, subiram aos escombros do templo; mas censurados pelos seus irmãos e vencidos pela fadiga, renunciaram em breve a estas práticas.

Os peregrinos afluíam. Alguns vinham de muito longe e esses estavam cheios de fome e de sede. Uma pobre viúva teve a idéia de lhes vender água fresca e pastéis. Encostada à coluna, atrás das suas garrafas de barro vermelho, das taças e dos frutos, sob uma toalha de raias azuis e brancas, ela gritava: "Quem quer beber?" Ao exemplo desta viúva, um padeiro trouxe tijolos e construiu um forno ao lado, na esperança de vender pão e bolos aos estrangeiros. Como a turba dos visitantes engrossava sem cessar e os habitantes das grandes cidades do Egito começavam a vir, um homem ávido de ganho elevou um caravançará para alojar os senhores com os seus servidores, os seus camelos e as suas mulas. Houve em breve diante da coluna um mercado onde os pescadores do Nilo traziam os seus peixes e os jardineiros os seus legumes. Um barbeiro, que barbeava as pessoas ao ar livre, alegrava a turba com as suas alegres graças. O velho templo, durante tanto tempo envolvido no silêncio e na paz, encheu-se de movimentos e de rumores inumeráveis da vida. Os taberneiros transformavam em caves as salas subterrâneas e pregavam aos antigos pilares insígnias encimadas com a imagem do santo homem Panuce e tendo esta inscrição em grego e em egípcio: *Vende-se aqui vinho de romãs, vinho de figos e a verdadeira cerveja da Cilícia.* Sobre os muros, esculpidos de perfis esbeltos e puros, os mercadores suspendiam grinaldas de cebolas e de peixes defumados, lebres mortas e carneiros esfolados. À noite, os velhos hóspedes das ruínas, as ratas, fugiam em longa fila para o rio, ao passo que os íbis inquietos, alongando o pescoço, pousavam a pata incerta sobre as altas cornijas pelas quais subia o fumo das cozinhas, o chamar dos bebedores e os gritos dos criados. Em todo o arredor, carpinteiros traçavam ruas, pedreiros construíam conventos, capelas, igrejas. No fim de seis meses, estava fundada uma cidade, com um corpo de polícia, um tribunal, uma prisão, e uma escola governada por um escriba cego.

    Os peregrinos era numerosos. Os bispos e os arcebispos vinham, todos cheios de admiração. O patriarca de Antióquia, que se achava então no Egito, veio com todo o seu clero. Aprovou altamente a conduta tão extraordinária do estilita e os chefes da igreja da Líbia seguiram, na ausência de Atanásio o sentimento do patriarca. O que tendo sabido, os abades Efrem e Serapião, vieram desculpar-se aos pés de Panuce das suas primitivas desconfianças. Panuce respondeu-lhes:

— Sabei meus irmãos, que a penitência que faço, mal é igual às tentações que me são enviadas e cujo número e força me espantam. Um homem, ao vê-lo, por fora, é pequeno, e, do alto da coluna onde Deus me colocou, vejo os seres humanos agitarem-se como formigas.

Mas considerando-o por dentro, o homem é imenso; é grande como o mundo, porque o contém. Tudo o que se estende diante de mim, estes mosteiros, estes hotéis, essas barcas sobre o rio, essas aldeias e o que descubro ao longe dos campos, dos canis, das areias e das montanhas, tudo isso nada é em relação ao que está em mim. Tenho no meu coração cidades inúmeras e desertos ilimitados. E o mal, e a morte, estendidos sobre esta imensidade, a cobrem como a noite cobre a terra. Eu só sou um universo de pensamentos maus.

Falava assim porque o desejo da mulher estava nele.

No sétimo mês, vieram de Alexandria, de Bubasta e de Sais mulheres que durante muito tempo estéreis, esperavam obter filhos por intermédio do santo homem e pela virtude da estela. Esfregavam de encontro as pedras os seus flancos infecundos. Depois, vieram a perder de vista, carros, liteiras, que se detinham, apertavam-se uns de encontro aos outros, e se apertavam debaixo da coluna do homem de Deus. Havia doente que fazia mal ver. Mães apresentavam a Panuce os seus filhinhos cujos membros estavam aleijados, com os olhos tortos, a boca escumante e a voz rouca. Ele punha sobre eles as mãos. Cegos aproximavam-se, com os braços no ar e os levantavam para ele, ao acaso, com a face desfigurada por dois buracos ensangüentados. Paralíticos mostravam-lhe a imobilidade pesada, a magreza mortal e o encurtamento horrendo dos seus membros; coxos apresentavam-lhe as suas muletas; pessoas com gangrena, mostravam o seu peito nu devorado pelo abutre invisível. Mulheres hidrópicas faziam-se depor em terra e dir-se-ia que descarregavam odres. Ele abençoava-as. Núbios, atacados da lepra elefantina, avançavam com um passo pesado e olhavam-no com os olhos chorosos sobre um rosto inanimado. Fazia sobre eles o sinal da cruz. Trouxeram-lhe uma menina de Afroditópolis que, depois de ter vomitado sangue, dormia havia três dias. Parecia uma imagem de cera e os seus pais, que a julgavam morta tinham deposto uma palma sobre o peito dela. Panuce, tendo orado a Deus, a menina levantou a cabeça e abriu os olhos.

Como o povo publicava por toda a parte os milagres operados pelo santo, os desgraçados atacados do mal, que os gregos chamam o mal divino, corriam de todas as partes do Egito em legiões numerosas. Desde que apercebiam a estela, eram presos de convulsões, rolavam-se por terra, punham-se em bola. E coisa, apenas crível! Os assistentes, agitados a seu turno por um violento delírio, imitavam as contorsões dos epiléticos. Monges e peregrinos, homens, mulheres, se misturavam uns com os outros, com os membros torcidos, com a escuma na boca, engolindo terra aos punhados e profetizando. E Panuce, do alto da sua coluna, sentia um frêmito sacudir-lhe os membros e gritava para Deus:

— Eu sou o bode emissário e tomo em mim todas as impurezas deste povo, e é por isso, Senhor, que o meu corpo está cheio de maus espíritos.

Todas as vezes que um doente se ia embora curado, os assistentes aclamavam-no, levavam-no em triunfo e não cessavam de repetir:

— Acabamos de ver uma outra fonte de Siloé.

Já centenas de muletas pendiam da coluna milagrosa; mulheres reconhecidas aí suspendiam coroas e imagens votivas. Gregos aí traçavam discos engenhosos e como cada peregrino aí vinha gravar o seu nome sobre a pedra, esta ficou em breve coberta até à altura de um homem de uma infinidade de caracteres latinos, gregos, coptos, púnicos, hebreus, siríacos e mágicos.

Quando chegaram as festas da Páscoa, houve nesta cidade do milagre uma tal afluência de povo, que os velhos julgavam que se tinha voltado ao tempo dos mistérios antigos. Viam-se misturar, confundir-se numa vasta extensão a veste bariolé dos egípcios, os albornozes dos árabes, a tanga dos núbios, o manto curto dos gregos, a toga de grandes pregas dos romanos, os saiotes escarlates dos bárbaros e as túnicas laminadas de ouro das cortes ciganas. Mulheres veladas passavam sobre os seus burros, precedidas dos eunucos pretos que lhes batiam caminhando com paus. Acrobatas tendo estendido um tapete por terra, faziam reviravoltas de agilidade e representavam com elegância diante de um círculo de espectadores silenciosos. Encantadores de serpentes, com os braços alongados, desenrolavam as suas cinturas vivas. Toda esta multidão brilhava, clamava, gritava e murmurava. As imprecações dos condutores dos camelos que batiam nos seus animais, os gritos dos mercadores que vendiam amuletos contra a lepra e contra o mau-olhado, a salmodia dos monges que cantavam versetos da Escritura mires das mulheres caídas em crises apopléticas, grunhidos dos mendigos que repetiam antigas canções dos haréns, o balido dos carneiros, o zurrar dos burros, o chamamento dos marinheiros aos passageiros retardados, todos estes sons confundidos faziam um ruído ensurdecedor, que a voz estridente dos pequenos pretos nus ainda dominava correndo por toda a parte, para oferecerem tâmaras frescas.

E todos estes seres diversos se abafavam sob o céu branco, num ar espesso, carregado de perfumes de mulheres, do cheiro dos pretos, do fumo das frituras e dos vapores das gomas que as devotas compravam aos pastores para queimarem diante do santo.

Chegando a noite, de todas as partes os fogos se acendiam, tochas, lanternas, e, não se viam mais que sombras vermelhas e formas negras. De pé num meio de um círculo de ouvintes, um velho, com o rosto iluminado por um lampião que deitava fumo, contava como outrora, Bitiou encantou o seu coração, arrancou-o do seu peito, o pôs numa acácia e depois se transformou ele mesmo em árvore. Fazia grandes gestos, que a sua sombra repetia com deformações risíveis e o auditório maravilhado dava gritos de admiração. Nas tabernas, os bebedores, deitados em divãs, pediam cerveja e vinho. Dançarinas, com os olhos pintados e com o ventre nu, representavam diante deles cenas religiosas e lascivas. Ao longe mancebos jogavam aos dados e os velhos seguiam na sombra as prostituídas. Só, acima destas formas agitadas se elevava a imutável coluna; a cabeça de corno de vaca olhava na sombra, e em cima dela Panuce vigiava, entre o céu e a terra. De repente a lua levanta-se sobre o Nilo, semelhante ao ombro nu de uma deusa. As colinas cintilam de luz e de azul e Panuce julga ver a carne de Taís cintilar nos clarões das águas, entre as safiras da noite.

Os dias decorriam e o santo ficava sobre a coluna. Quando veio a estação das chuvas, a água do céu, passando através das fendas do teto, inundou o seu corpo; os seus membros entorpecidos tornaram-se incapazes de movimento. Queimada pelo sol, avermelhada pelo orvalho, a sua pele fendia-se; largas úlceras devoravam os seus braços e as suas pernas. Mas o desejo de Taís consumia-o interiormente e ele gritava:

— Não é bastante, Deus poderoso! Ainda tentações! Ainda pensamentos imundos! Ainda monstruosos desejos! Senhor, faz passar em mim toda a luxúria dos homens, a fim que eu a expie toda! Se é falso que a cadela de Argos tomou sobre ela os pecados do mundo, como o ouvi dizer a certo forjador de imposturas, esta fábula contém no entanto um sentido oculto de que eu reconheço hoje a exatidão. Por que é verdade que as infâmias dos povos entram na alma dos santos para aí se perderem como num poço. Assim as almas dos justos estão sujas de mais lama que nunca conteve a alma de um pecador. E é por isso que eu te glorifico, meu Deus, de terdes feito de mim o cano de esgoto do universo.

Mas eis que um grande rumor se elevou um dia na cidade santa e subiu até aos ouvidos do asceta: um grande personagem, um homem dos mais ilustres, o prefeito da frota de Alexandria, Lucius Aurelius Cota vai chegar, vem e aproxima-se.

A nova era verdadeira. O velho Cota, partido para inspecionar os canais e a navegação do Nilo, tinha testemunhado por muitas vezes o desejo de ver o estilita e a nova cidade, à qual davam o nome de Stilopolis. Uma manhã os Stilopolitanos viram o rio todo coberto de velas. A bordo de uma galera dourada e toda revestida de púrpura, Cota apareceu seguido da sua frota. Pôs pé em terra e avançou acompanhado de um secretário, que trazia as suas tábuas e de Aristeu, seu médico, com quem ele gostava de conversar.

Um acompanhamento numeroso caminhava atrás dele e o campo estava coberto de laticlavos e de hábitos militares. A alguns passos da coluna, deteve-se e pôs-se a beter com a aba da sua veste na fronte. Com o espírito naturalmente curioso, tinha observado muito durante as suas longas viagens.

Gostava de se lembrar disso e de escrever, depois da história púnica, um livro de coisas singulares que tinha visto. Parecia interessar-se muito com o espetáculo que tinha à vista.

— Eis o que é estranho! Dizia ele para consigo e suando e respirando fortemente. E circunstância digna de ser contada, este homem foi meu hóspede. Sim este monge veio cear comigo no ano passado; depois do que, roubou uma comediante. E, voltando-se para o seu secretário:

— Note isso, meu filho, sobre as minhas tábuas; assim como as dimensões da coluna, sem esquecer a forma do capitel.

Depois batendo de novo na fronte:

— Pessoas dignas de fé me asseguraram, que há um ano ele está sobre esta coluna e que o nosso monge não a deixou nem só um instante. Aristeu, isso é possível?

— Isso é possível a um louco e a um doente, respondeu Aristeu, e seria impossível a um homem são de corpo e de espírito. Não sabes, Lucius, que algumas vezes as doenças da alma e do corpo comunicam aos que estão aflitos dos poderes que não possuem, os homens bem conformados. E, para dizer a verdade, não há realmente nem boa, nem má saúde. Há somente estados diferentes dos órgãos. À força de estudar o que se chamam as doenças, cheguei a considerá-las como as formas essenciais da vida. Tenho mais prazer em estudá-las do que combatê-las. Algumas há que não se podem observar sem admiração e que ocultam, sob uma desordem aparente, harmonias profundas e é na verdade uma coisa bela, uma febre quartã. Algumas vezes certas afecções do corpo determinam uma exaltação súbita das faculdades do espírito. Tu conheces Creon. Quando criança ele era gago e estúpido. Mas tendo quebrado a cabeça ao cair do alto de uma escada, tornou-se o hábil advogado que tu conheces. É preciso que este monge esteja atacado de algum órgão oculto. Além disso o seu gênero de existência não é tão singular como te parece, Lucius. Lembra-te dos ginosofistas da Índia, que podem guardar uma inteira imobilidade, não somente durante um ano, mas durante vinte, trinta e quarenta anos.

— Por Júpiter! Exclamou Cota, eis aí uma grande aberração! Porque, o homem nasceu para agir e a inércia é um crime imperdoável, visto que é cometido em prejuízo do Estado. Não sei a que crença ligar uma prática tão funesta. É verossímil que se a deve relacionar a certos cultos asiáticos. No tempo em que eu era governador da Síria, vi falus erigidos sobre os propileus da cidade de Hera. Um homem aí sobe duas vezes durante o ano e aí fica sete dias. O povo está persuadido que este homem, conversando com os deuses, obtém da sua Providência a prosperidade da Síria. Este costume pareceu-me desnudado de razão; todavia nada faço para destruir. Porque avalio que um funcionário deve, não abolir os usos dos povos, mas pelo contrário assegurar a observação. Não pertence ao governo impor crenças; o seu dever é de dar satisfação às que existem e que, boas ou más, foram determinadas pelo gênio dos tempos, dos lugares e das raças. Se ele empreende combatê-las, mostra-se revolucionário pelo espírito, tirânico nos seus atos e é justamente detestado. Além disso como elevar-se acima das superstições do vulgar, senão compreendendo-as e tolerando-as? Aristeu, sou de opinião que se deixe o nefelocigiano em paz nos ares, exposto somente às ofensas das aves. Não será violentando-o que terei vantagem sobre ele, mas tomando conhecimento dos seus pensamentos e das suas crenças.

Respirou ruidosamente, tossiu, pousou a mão sobre o ombro do seu secretário:

— Filho, nota que em certas crenças cristãs é recomendável roubar cortesãs e viver sobre colunas. Podes acrescentar que estes usos supõem o culto das divindades genésicas. Mas a este respeito, devemo-lo interrogar a ele mesmo.

Depois levantando a cabeça e pondo a mãos diante dos olhos para não se cegar pela luz do sol, ergueu a sua voz:

— Olá Panuce. Se te lembras que foste meu hóspede, responde-me. Que fazes aí em cima? Porque é que subiste e porque é que aí ficas? Esta coluna tem no teu espírito uma significação fálica?

Panuce, considerando que Cota era idólatra, não se dignou responder-lhe. Mas Flaviano seu discípulo, aproximou-se e disse-lhe:

— Ilustríssimo Senhor, este santo homem tira os pecados do mundo e cura as doenças.

— Por Júpiter! Ouviste, Aristeu, exclamou Cota. O nefelocigiano exerce, como tu, a medicina. Que dizes tu de um confrade tão elevado?

Aristeu abanou a cabeça:

— É possível que ele cure, melhor do que eu faço, certas doenças, tais como por exemplo a epilepsia, chamada vulgarmente mal divino, ainda que todas as doenças sejam igualmente divinas, porque vêm todas dos deuses. Mas a causa deste mal está em parte na imaginação e tu reconhecerás, Lucius, que este monge assim deitado sobre esta cabeça de deusa toca a imaginação dos doentes mais fortemente que eu o poderia fazer, curvado no meu ofício para os escalpelos e frascos. Há forças, Lucius, infinitamente mais poderosas que a razão e a ciência.

— Quais, perguntou Cota?

— A ignorância e a loucura, respondeu Aristeu. Raramente tenho visto alguma coisa mais curiosa que o que estou vendo agora, neste momento replicou Cota, e desejo que um dia um escritor hábil conte a fundação da Stilopolis. Mas os espetáculos mais raros devem reter por mais tempo que não convém a um homem grave e laborioso. Vamos inspecionar os canais. Adeus, bom Panuce, ou antes até a vista! Se algumas vez tu desceres à terra, peço-te por favor para não deixares de vir cear comigo.

Estas palavras, ouvidas pelos assistentes, passaram de boca em boca e publicadas, pelos fiéis, ajuntaram, um incomparável esplendor à glória de Panuce. Piedosas imaginações as ornaram e as transformaram, e contava-se que o santo, do alto da sua estela, tinha convertido o chefe da frota à fé dos apóstolos e dos padres de Nicea. Os crentes davam às derradeiras palavras de Aurelius Cota um sentido figurado; na sua boca a ceia à qual este personagem tinha convidado o asceta tornava-se uma santa comunhão, ceia espiritual, um banquete celeste. Enriqueciam a história deste encontro de circunstâncias maravilhosas, as quais, os que as contavam eram os primeiros a darem-lhe fé. Dizia-se que no momento em que Cota depois de uma longa disputa, tinha confessado a verdade, um anjo tinha descido do céu a enxugar-lhe o suor do seu rosto. Acrescentavam que o médico e o secretário do prefeito da frota o tinha seguido na conversão. E, o milagre, sendo notório, diáconos das igrejas da Líbia redigiram atos autênticos. Pode-se dizer que desde então, o mundo inteiro quis ver Panuce e que tanto no Ocidente como no Oriente, todos os cristãos voltaram para ele os seus claros olhares. As mais ilustres cidades da Itália enviaram-lhe embaixadores e o César de Roma, o divino Constante, que sustentava a ortodoxia cristã, escreveu-lhe uma carta que lhe foi entregue por legados enviados com um grande cerimonial. Ora, uma noite enquanto a cidade aberta as seus pés dormia sob o orvalho, ouviu uma voz que dizia:

— Panuce, tu és ilustre pelas tuas obras e poderoso pela palavra. Deus suscitou-te para a sua glória. Escolheu-te para operar milagres, curar os doentes, converter os pagãos, confundir os arianos, iluminar os pecadores e restabelecer a paz da Igreja.

Panuce respondeu:

— Que a vontade de Deus seja feita!

A voz replicou:

— Levanta-te Panuce, e vai ter com a ímpia Constância, ao seu palácio, que, longe de imitar a sabedoria do seu irmão Constante, favorece o erro de Marcus e de Arius. Vai! As portas do ariano se abrirão diante de ti e as tuas sandálias ressoarão sobre o lajedo de ouro das basílicas, diante do trono dos Césares, e a tua voz temível mudará o coração do filho de Constantino. Tu reinarás na Igreja pacificada e poderosa. E, assim como a alma conduz o corpo, a Igreja governará o Império. Tu serás colocado acima dos senadores, dos condes e dos patrícios. Tu farás calar a fome do povo e a audácia dos bárbaros. O velho Cota, sabendo que tu és o primeiro no governo, procurará a honra de te lavar os pés. À tua morte, levarão o teu Cilício ao patriarca de Alexandria, e o grande Atanase, branco pela glória, o beijará como a relíquia de um santo. Vai!

Panuce respondeu:

— Que a vontade de Deus seja cumprida!

E, fazendo um esforço para se pôr de pé, preparava-se para descer. Mas a voz adivinhando o seu pensamento, disse-lhe:

— Sobretudo, não desças por esta escada. Seria agir como um homem vulgar e desconhecer os dons que tu tens em ti. Mede melhor o teu poder, angélico Panuce. Um tão grande santo como tu és, deve voar nos ares. Salta; os anjos lá estão para te segurar. Salta pois!

Panuce respondeu:

— Que a vontade de Deus reine na terra e nos céus!

Balançando os seus longos braços estendidos como as asas depenadas de uma grande ave doente, ia lançar-se, quando de repente uma risada horrenda lhe ressoou aos ouvidos. Espantado perguntou:

— Quem é que ri, assim?

— Ah! ah! chasquinou a voz, nós não estamos ainda senão no princípio da nossa amizade; tu farás um dia mais íntimo conhecimento comigo. Muito caro amigo, fui eu que te fiz subir aqui e devo testemunhar-te todo o meu reconhecimento e satisfação pela tua docilidade pela qual tu cumpres os meus desejos. Panuce, eu estou contente contigo!

Panuce murmurou, com uma voz estrangulada pelo medo:

— Para trás, para trás! Reconheço-te: tu és o que levou Jesus para o pináculo do templo e lhe mostrou todos os reinos deste mundo.

E caiu consternado sobre a pedra.

— Como é que, eu o não reconheci mais cedo. Mais miserável do que estes cegos, surdos, paralíticos que têm esperança em mim, eu perdi o sentido das coisas sobrenaturais, e mais depravado do que os maníacos que comem terra e se aproximam dos cadáveres, eu já não distingo, os clamores do inferno, das vozes do céu. Perdi até a distinção de recém-nascido que chora quando o retiram do seio da ama, do cão que fareja os rastos do seu dono, da planta que se volta para o sol.

Eu sou o joguete dos diabos. Assim, foi Satanás que me conduziu aqui. Quando ele me fez subir a este frontão, a luxúria e orgulho aí subiam ao meu lado. Não é a grandeza das minhas tentações que me consterna. Antônio na montanha suportou-as semelhantes. E eu desejo bem que as suas espadas me trespassem a carne debaixo do olhar dos anjos. Cheguei mesmo a desejar as minhas torturas.

Mas Deus, cala-se e o seu silêncio me espanta. Deixa-me, a mim, que não tenho senão a ele; deixa-me só, no horror da sua ausência. Foge-me. Eu quero correr para o pé dele. Esta pedra queima-me os pés. Depressa, partamos, alcancemos Deus.

Imediatamente, pegou na escada que estava apoiada à coluna, aí pôs os pés e, tendo franqueado um degrau, encontrou-se de face a face com a cabeça do animal; ele sorria de uma maneira estranha. Era certo então que o que ele tinha tomado como sede de seu repouso e de sua glória não era mais do que o instrumento diabólico da sua perturbação e da sua danação.

Desceu à pressa todos os degraus e tocou o solo. Os seus pés tinham esquecido a terra; cambaleou.

Mas sentindo sobre si, a sombra da coluna maldita, forçou os pés a correr. Tudo dormia. Atravessou sem ser visto a grande praça rodeada de tabernas, hotéis e cavalariças e meteu-se por uma ruela que ia ter até às colinas líbicas. Um cão, que o perseguia ladrando, não parou senão perto das primeiras areias do deserto. E Panuce meteu-se pela região onde não havia estrada nenhuma a não ser a pista dos animais selvagens. Deixando atrás de si as cabanas abandonadas pelos falsos moedeiros prosseguiu toda a noite e todo o dia a sua fuga desolada.

Enfim, quase morto de fome, de sede e de fadiga, e não sabendo ainda se Deus estava longe, distinguiu uma cidade muda que se estendia para a direita e para a esquerda e se ia perder na púrpura do horizonte. As habitações, largamente isoladas e semelhantes umas às outras, assemelhavam-se a pirâmides cortadas pelo meio. Eram túmulos. As portas estavam quebradas e viam-se na sombra das salas luzirem os olhos das hienas e dos lobos, que alimentavam os seus filhos, enquanto os mortos jaziam sobre o solo, despojados pelos salteadores e roídos pelos animais. Tendo atravessado esta fúnebre cidade, Panuce caiu extenuado diante de um túmulo que se elevava afastado dos outros perto de uma fonte coroada de palmeiras. Este túmulo estava muito ornamentado e como já não havia porta, apercebia-se de fora um quarto pintado no qual se tinham aninhado as serpentes.

— Eis, suspirou ele, a minha habitação eleita, o tabernáculo do meu arrependimento e da minha penitência.

Para aí se arrastou, espantou com o pé os répteis e ficou prostrado por terra sobre as lages durante 18 horas, no fim das quais foi à fonte beber no cavado das mãos, água fresca. Depois colheu tâmaras e algumas hastes de lotus de que comeu os grãos. Pensando que este gênero de vida era bom, fez dele a regra da sua existência. Desde manhã até à noite não levantava a fronte de cima da pedra.

Ora, um dia, em que estava assim prosternado, ouviu uma voz que dizia:

— Olha para estas imagens a fim de te instruíres.

Então levantando a cabeça, viu nas paredes do quarto, pinturas que representavam cenas alegres e familiares. Era uma obra muito antiga e de uma maravilhosa exatidão. Aí se notavam cozinheiros que assopravam ao fogo, de tal maneira que as faces estavam todas inchadas; outros depenavam patos ou assavam quartos de carneiro nas panelas. Mais adiante um caçador trazia aos ombros uma gazela cheia de flexas. Adiante, aldeões se ocupavam das sementeiras, a ceifa, ou a colheita. Noutro sítio, mulheres dançavam ao som de violas, flautas e da harpa. Uma rapariga tocava teorbe. A flor do lótus brilhava nos seus cabelos pretos, finamente penteados. A sua veste transparente deixava ver as formas puras do seu corpo. O seu seio, a boca, estavam em flor. O seu belo olhar, era de frente num rosto posto de perfil. E esta figura era esquisita. Panuce tendo-a considerado baixou os olhos e respondeu à voz:

— Porque me ordenas para ver estas figuras? Sem dúvida elas representam os dias terrestres do idólatra cujo corpo repousa aqui debaixo dos meu pés, no fundo de um poço, num túmulo de basalto preto. Elas relembram a vida de um morto e são, apesar das suas vivas cores, as sombras de uma sombra. A vida de um morto! Oh vanidade!

— Ele está morto, mas viveu, replicou a voz, e tu, morrerás, sem teres vivido.

A partir deste dia, Panuce não teve mais um único instante de repouso. A voz falava-lhe sem cessar. A tocadora de teorbe, com olhos cercados de grandes pálpebras, olhava-o fixamente. A seu turno ela falou-lhe:

— Vê: eu sou misteriosa e bela. Ama-me; esgota nos meus braços o amor que te atormenta. Que te serve temer-me? Tu não podes escarpar-me: eu sou a beleza da mulher. Onde, pensas tu fugir-me, insensato? Tu encontrarás a minha imagem, no brilho das flores e na graça das palmeiras, no voar das pombas, nos saltos das gazelas, na fuga ondulante dos regatos, nas ternos clarões da lua, e, se tu fechas os olhos, tu a encontrarás em ti mesmo. Há mil anos que recebeu o derradeiro beijo da minha boca, e o seu sono está ainda perfumado. Tu conheces-me, bem, Panuce. Porque é que tu ainda, me não reconheceste?

Eu sou uma das inumeráveis encarnações de Taís. Tu és um monge instruído e muito adiantado no conhecimento das coisas. Tu viajaste e é pelas viagens que mais se aprende. Muitas vezes, um dia que se passa fora, trás mais novidades que dez anos durante os quais se ficou em casa. Ora, tu não deixaste de ouvir que Taís viveu outrora em Argos com o nome de Helena. Ela teve em Tebas Hécatompile uma outra existência. E Taís de Tebas era eu. Como é que tu o não adivinhaste? Tomei, quando viva, a minha larga parte dos pecados do mundo, e agora aqui reduzida ao estado de sombra, sou ainda muito capaz de tomar parte nos teus pecados, monge bem-amado. De onde vem a tua surpresa? No entanto, era certo, que fosse para onde fosse, tu encontrarias sempre Taís.

Ele batia com a fronte de encontro às lages e gritava de espanto. E todas as noites a tocadora de teorbe deixava a parede, aproximava-se e falava com uma voz clara, misturada de frescos hálitos. E como o santo homem resistia às tentações que ela lhe dava, ela disse-lhe isto:

— Ama-me; cede, amigo. Enquanto tu me resistires, eu te atormentarei. Tu não sabes o que é a paciência de uma morta. Esperarei, se for preciso, que tu morras. Sendo mágica, saberei fazer entrar no teu corpo sem vida, um espírito que o animará de novo e que não recusará o que te tenho pedido em vão. E pensa, Panuce, na estranheza da tua situação, quando a tua alma bem-aventurada vir dos altos celestes, o seu próprio corpo entregar-se ao pecado. Deus que prometeu te dar este corpo depois do derradeiro julgamento e da consumação dos séculos, ele mesmo se achará muito embaraçado. Como poderá ele instalar na glória celeste uma forma humana habitada por um diabo e guardada por uma bruxa? Tu não pensaste nesta dificuldade. Deus, também não talvez. Entre nós, ele não é lá muito sutil. A mais simples mágica o engana facilmente, e se não tivesse nem o trovão, nem as cataratas do céu, os garotos da aldeia, puxar-lhe-iam pela barba. Certamente que não tem tanto espírito como a velha serpente, seu adversário. Esse é um maravilhoso artista. Se eu sou assim tão bela, foi porque ele trabalhou nos meus ornamentos. Foi ele que me ensinou a pentear-me e a fazer-me os dedos cor-de-rosa e as unhas de ágata. Tu o desconheces muito. Quanto tu vieste habitar neste túmulo afastaste com o pé as serpentes que o habitavam, sem te inquietar o saber se eram da sua família, e tu esmagaste os seus ovos. Temo, meu pobre amigo, que não te metesses num mau negócio. E no entanto tinham-te avisado que ele era músico e amoroso. Que fizeste tu? Eis que tu estás zangado com a ciência e com a beleza. Tu és inteiramente miserável, e Iavé já não vem em teu socorro. Nem é mesmo provável que venha. Sendo tão grande, ele não se pode mexer, por falta de espaço, e se, por impossível, ele fizesse o mais pequeno movimento, toda a criação seria sacudida. Meu belo ermitão, dá-me um beijo.

Panuce não ignorava os prodígios operados pelas artes mágicas. E pensava, na sua grande inquietação:

— Talvez o morto, enterrado a meus pés saiba as palavras escritas neste livro misterioso, que fica escondido, não longe daqui no fundo de um túmulo real. Pela virtude destas palavras os mortos, retomam a forma que tinham sobre a terra, vêem a luz do sol e o sorriso das mulheres.

O medo que tinha era que a tocadora de teorbe e o morto se pudessem juntar, como quando estavam vivos e que ele os visse unir. Muitas vezes, julgava ouvir o respirar leve dos seus beijos.

Tudo para ele era perturbação e agora, na ausência de Deus, temia pensar tanto como sentir. Certa noite, como ele se conservava prosternado segundo o seu hábito, uma voz desconhecida lhe disse:

— Panuce, há sobre a terra mais povos do que tu pensas e, se eu te mostrasse o que eu vi, tu morrerias de medo. Há homens que trazem no meio da fronte um só olho. Há homens que não têm senão uma perna e caminham aos saltos. Há homens que mudam de sexo, e fêmeas que se tornam machos. Há homens árvores que criam raízes na terra. Há homens sem cabeça, com dois olhos, um nariz e uma boca, no peito. De boa fé acreditas tu que Jesus Cristo morresse para salvação destes homens?

De uma outra vez teve uma visão. Viu numa grande luz uma larga calçada, regatos e jardins. Sobre a estrada, Aristóbulo e Chereas passavam a galope nos seus cavalos sírios e a ardente alegria da carreira empurpurava a face dos dois mancebos.

Sob um pórtico, Calícrates recitava versos; o orgulho satisfeito tremia na sua voz e brilhava nos seus olhos. No jardim, Zénotemis colhia pomos de ouro e acariciava uma serpente de asas azuis. Vestido de branco e penteado com uma mitra cintilante, Hermódoro meditava debaixo de um pessegueiro sagrado, que tinha, à guiza de flores, pequenas cabeças de perfil, penteadas como as deusas dos egípcios, de abutres, de gaviões ou do disco brilhante da lua; enquanto ao longe um pouco afastado, perto de uma fonte, Nícias estudava sobre uma esfera armilar, o movimento harmonioso dos astros.

Depois uma mulher velada aproximou-se do monge, tendo na mão um ramo de mirto. E disse-lhe:

— Olha. Uns procuram a beleza eterna e põem o infinito na sua vida efêmera. Outros vivem sem grandes preocupações. Mas só porque eles cedem à natureza, são felizes e belos e somente deixando-se viver, rendem glória ao artista soberano das coisas; porque o homem é um belo hino de Deus. Pensam todos que a felicidade é inocente e que a alegria é permitida. Panuce, se no entanto, eles tivessem razão, que tolo que tu serias!

E a visão desvaneceu-se.

Era assim que Panuce era tentado sem trevas, no seu corpo e no seu espírito. Satanás não lhe deixava um momento de repouso. A solidão deste túmulo era mais populada do que uma praça de grande cidade. Os demônios daí saíam com grandes risadas, e milhões de larvas, de empuses, de lêmures aí completavam o simulacro de todos os trabalhos da vida. À noite quando ia à fonte, sátiros misturados com faunas dançavam à roda dele e o levavam nas suas lascivas rodas. Os demônios já não o temiam. Eles o enchiam de zombarias, de injúrias obscenas e com pancadas. Um dia um diabo, que não era mais alto do que o braço, roubou-lhe a corda com que ele cingia os rins.

Ele pensava:

— Pensamento, onde me conduziste?

E resolveu trabalhar com as suas mãos a fim de procurar ao seu espírito o repouso de que tinha necessidade. Perto da fonte, bananeiras de largas folhas cresciam à sombra das palmas. Cortou hastes que levou para o túmulo. Aí, esmagou-as com uma pedra e reduziu-as a delgados filamentos, como tinha visto fazer aos cordoeiros. Porque ele se propunha fazer uma corda, semelhante à que o diabo lhe tinha roubado. Os demônios ficaram alguma coisa contrariados: cessaram o seu barulho e a própria tocadora de teorbe renunciando à magia, ficou quieta na sua parede pintada. Panuce, sempre esmagando as hastes das bananeiras, tranqüilizava-se e aumentava a sua coragem e a sua fé.

Com o socorro do céu, dizia ele consigo mesmo, domarei a carne. Quanto à alma, ela guardou a esperança. Em vão os diabos, em vão esta danada queriam inspirar-me dúvidas sobre a existência de Deus. Eu responder-lhes-ei pela boca do Apóstolo São João: "No começo era o Verbo e o Verbo era Deus." É o que eu creio firmemente, se o que eu creio é absurdo, mais firmemente ainda o creio. E, para melhor dizer, é preciso que seja absurdo. Sem isso, eu não o acreditaria, eu sabê-lo-ia. Ora, o que se sabe não dá a vida, é a fé só que salva.

Ele expunha ao sol e ao orvalho as fibras destacadas, e todas as manhãs, tinha o cuidado de as voltar para impedir que apodrecessem, e alegrava-se por sentir renascer em si, a simplicidade da infância. Quando acabou de tecer a corda, cortou caniços para fazer cestos e cabazes.

O quarto sepulcral parecia-se a um atelier de um cesteiro e Panuce aí passava facilmente do trabalho à oração. No entanto Deus, não lhe era favorável, porque uma noite foi acordado por uma voz que o gelou de horror: tinha adivinhado que era a do morto.

A voz fazia ouvir um apelo rápido, um chou-chou leve:

— Helena! Helena! Vem banhar-te comigo! Vem depressa!

Uma mulher, cuja boca aflorava ao ouvido do monge, respondeu:

— Amigo, eu não posso levantar-me: um homem está deitado sobre mim.

De repente, Panuce apercebeu-se que a sua face repousava sobre o peito de uma mulher.

Reconheceu a tocadora de teorbe que, livre a meio, levantava o peito. Então estreitou desesperadamente esta flor de carne tépida e perfumada e, consumido dos desejos da danação, gritou:

— Fica, fica, meu céu! Mas ela estava já em pé, sobre o soalho. Ela ria e os raios da lua pratearam o seu sorriso.

— Para que ficar? Dizia ela. A sombra de uma sombra basta a um amoroso dotado de uma tão viva imaginação. Além disso tu pecaste. Que te falta mais?

Panuce chorou durante a noite e, quando veio a aurora, exalou uma oração mais doce do que uma queixa:

— Jesus, meu Jesus, porque me abandonas? Tu vês o perigo em que estou. Vem socorrer-me, doce Salvador. Visto que o teu pai me não ama mais, visto que já me não escuta, pensa que eu não tenho senão a ti. Dele para mim, nada é possível; eu não posso compreendê-lo, e ele não pode lastimar-me. Mas tu, tu nasceste de uma mulher e é por isso que eu tenho esperança. Lembra-te que tu foste homem. Imploro-te, não porque tu és Deus de Deus, luz da luz, Deus verdadeiro do Deus Verdadeiro, mas porque tu viveste pobre e fraco, sobre esta terra onde eu sofro, porque satanás quis tentar a tua carne, porque o suor da agonia gelou a tua fronte. É a tua humanidade que eu imploro, meu Jesus, meu irmão Jesus!

Depois que assim fez as suas preces, torcendo as mãos, uma formidável gargalhada abalou os muros do túmulo, e a voz que tinha ressoado sobre o festão da coluna diz zombeteando:

— Eis uma oração digna do breviário de Marco o herético. Panuce é ariano! Panuce é ariano!

Como que fulminado pelo raio o monge caiu inanimado.

. . . .

Quando reabriu os olhos, viu à roda de si, religiosos revestidos de capas com capuzes pretos, que lhe deitavam água nas fontes e recitavam exorcismos.

Muitos estavam da parte de fora, trazendo palmas.

— Como nós atravessávamos o deserto, disse um deles nós ouvimos gritos neste túmulo e, tendo entrado, vimos-te jazendo inerte sobre as lages. Sem dúvida os demônios te tinham enterrado e fugiram à nossa aproximação.

Panuce, levantando a cabeça, perguntou com fraca voz:

— Meus irmãos, quem sois? E porque tendes palmas nas vossas mãos? Não é por causa da minha sepultura?

Responderam-lhe:

— Irmão; não sabes tu que o nosso pai Antônio, de idade de 105 anos, e avisado do seu próximo fim, desce do monte Colhin, para onde se tinha retirado e vem abençoar os inumeráveis filhos da sua alma. Nós vamos com palmas ao encontro do nosso pai espiritual. Mas tu, irmão, como ignoras tu um tão grande acontecimento? Será possível que um anjo te não tenha vindo advertir a este túmulo?

— Oh! respondeu Panuce, eu não mereço uma tal graça, e os únicos hóspedes desta habitação são os demônios e vampiros. Orai por mim! Eu sou Panuce, abade de Antinoé, o mais miserável dos servidores de Deus.

Ao nome de Panuce, todos, agitando as suas palmas, murmuraram louvores. O que tinha já tomado a palavra exclamou com admiração:

— Será possível, seres tu, o santo Panuce, célebre pelas suas obras que não há duvidas de que chegue a igualar o santo Antônio? Muito venerável, foste tu, que converteste a Deus a cortesã Taís e que, subindo ao alto de uma coluna, foste arrebatado pelos Serafins. Os que velavam de noite, ao pé da estela, viram a tua bem-aventurada assunção. As asas dos anjos te rodeavam com uma branca nuvem, e a tua mão direita estendida abençoava as habitações dos homens. No dia seguinte, quando o povo já te não viu, um longo gemido subiu para a estela descoroada. Mas Flaviano, teu discípulo, publicou o milagre e pediu em teu lugar o governo dos monges. Só um homem simples, de nome Paulo, quis contradizer o sentimento unânime. Ele assegurava que te tinha visto em sonhos, levado pelos diabos; a multidão quis lapidá-lo e foi um milagre o ele ter podido escapar à morte. Eu sou Zózime, abade destes solitários que tu vês prosternados a teus pés. Como eles, eu me ajoelho a teus pés, diante ti, afim de que tu abençoes o pai com os seus filhos. Depois, nos contarás as maravilhas que Deus se dignou dar por tua intervenção.

— Longe de me ter favorecido como tu crês, respondeu Panuce, o Senhor experimentou-me com terríveis tentações. Eu não fui arrebatado pelos anjos. Mas uma muralha de sombra se elevou a meus olhos e caminhou diante mim. Vivi num sonho. Fora de Deus tudo é sonho. Quando eu fiz a viagem de Alexandria, vi em poucas horas muitos discursos e conheci que o exército do erro era inumerável. Ele perseguiu-me e eu estive rodeado de espadas.

Zózime respondeu:

— Venerável pai, é preciso considerar que os santos e especialmente os santos solitários experimentam terríveis provas. Se tu não foste levado ao céu, nos braços dos Serafins, é certo que o Senhor concedeu esta graça, à tua imagem, visto que Flaviano, os monges e o povo foram testemunhas do teu arrebatamento.

Entretanto Panuce resolveu ir receber a bênção de Antônio.

— Irmão Zózime, diz ele, dá-me uma destas palmas e vamos ao encontro do nosso pai.

— Vamos! Replicou Zózime; a ordem militar convém aos monges que são os soldados por excelência. Tu e eu, sendo abades, nós caminharemos adiante. E os outros nos seguirão cantando salmos.

Puseram-se em marcha e Panuce dizia:

— Deus é a unidade, porque a verdade é uma. O mundo

é diverso porque é o erro. É preciso voltar a cabeça a todos os espetáculos da natureza, mesmo dos mais inocentes na aparência. A sua diversidade que os torna agradáveis é o sinal de que são maus. É por isso que eu não posso ver um ramo de papiro sobre as águas dormentes sem que a minha alma se vele de melancolia. Tudo o que apercebem os sentidos é detestável. O menor grão de areia trás um perigo. Cada coisa nos tenta. A mulher não é senão o composto de todas as tentações esparsas no leve ar, sobre a terra florida, nas águas claras. Feliz aquele, cuja alma é um vaso selado! Felizes o que souberam ficar mudos, cegos e surdos e que não compreendem nada do mundo afim de compreenderem Deus!

Zózime, tendo meditado nestas palavras, a isso respondeu desta maneira:

— Pai venerável, convém que eu te confesse os meus pecados, visto que tu me mostraste a tua alma. Assim nós nos confessaremos um ao outro, segundo o uso apostólico.

Antes de ser monge levei na vida secular uma vida abominável. Em Madaura, cidade célebre pelas suas cortesãs, procurei todas as espécies de amores. Todas as noites, ceava em companhia de jovens debochados e de tocadoras de flauta, e levava para casa a que mais me tinha agradado. Um santo tal como tu, não pode imaginar nunca a que ponto me levava o furor dos desejos. Bastar-me-á dizer-te que não poupou nem as matronas nem as religiosas e se espalhava em adultérios e em sacrilégios. Eu excitava com vinho o ardor dos meus sentidos, e citaram-me, com razão, pelo maior bebedor de Madaura. No entanto eu era cristão, e guardava, nas minhas faltas, a fé em Jesus crucificado.

Tendo devorado todos os bens em deboches, ressentia já os primeiros assaltos da pobreza, quando vi um dos meus mais robustos companheiros morrer rapidamente aos ataques de um mal terrível. Os joelhos já o não sustinham. As suas mãos inquietas recusavam servi-lo. Os olhos obscurecidos fechavam-se. Da garganta já lhe não saíam senão gemidos atrozes. O espírito, mais pesado que o corpo, dormitava. Porque, para o castigar de ter vivido como os animais, Deus transformou-o em animal. A perda dos meus bens tinha-me inspirado reflexões salutares; mas o exemplo do meu amigo foi-me mais precioso ainda, fez uma tal impressão no meu coração que deixei o mundo e retirei-me para o deserto. Aí gozo há vinte anos de uma paz que nada ainda perturbou. Exerço com os meus monges, as profissões de tecelão, arquiteto, carpinteiro e até escriba, ainda que, para dizer a verdade, eu tenha pouco gosto para a escrita, tendo sempre em pensamento preferido a ação. Os meus dias são cheios de alegria e as noites sem sonhos, e penso que tenho a graça de Deus, porque no meio dos pecados mais horrendos guardei sempre a esperança.

Ao ouvir estas palavras, Panuce levantou os olhos para o céu e murmurou:

— Senhor, a este homem, sujo por tantos crimes, este adúltero, este sacrílego, tu o olhas com doçura e voltas a cabeça de mim, que sempre observei os teus mandamentos! Como a tua justiça está obscura, meus Deus! E como os teus caminhos são impenetráveis.

Zózime estendeu os braços:

— Olha, pai venerável: dir-se-iam dos dois lados do horizonte, duas filas negras de formigas emigrantes. São os nossos irmãos que vão, como nós, ao encontro de Antônio.

Quando chegaram ao lugar da reunião, admiraram um espetáculo magnífico. O exército dos religiosos estendia-se em três filas em semicírculo imenso. Na primeira fila estavam os anciãos do deserto, com o cajado na mão, e as suas barbas pendiam até ao solo. Os monges, governados pelos abades Efrem e Serapião, assim como todos os cenobitas do Nilo, formavam a segunda linha. Atrás deles viam-se os ascetas vindos dos longínquos rochedos. Uns traziam nos seus corpos enegrecidos e dessecados, farrapos disformes, outros não tinham por roupas senão caniços ligados em feixe com vimes. Muitos, estavam nus, mas Deus tinha-os coberto de pêlos espessos como a lã das ovelhas. Tinham todos na mão uma palma verde: dir-se-ia um arco-íris de esmeralda e eram comparáveis aos coros dos eleitos, às muralhas vivas da cidadela de Deus.

Reinava na assembléia, uma ordem tão perfeita que sem custo Panuce encontrou os monges da sua obediência. Colocou-se perto deles, depois de ter tido o cuidado de ter escondido o rosto no seu capuz, para ficar incógnito e não perturbar a sua piedosa espera. De repente elevou-se um imenso clamor:

— O santo! Gritava-se de todas as partes. O santo! Eis o grande santo! Eis aquele contra o qual o inferno não prevaleceu, o bem-amado de Deus! O Nosso pai Antônio!

Depois fez-se um grande silêncio e todas as frontes se prosternaram na areia.

Do alto de uma colina, na imensidade deserta, Antônio avançava apoiado aos seus discípulos bem-amados, Macário e Amatas. Caminhava lentamente, mas a sua estatura estava ainda direita e sentia-se nele os restos de uma força sobre-humana. A sua barba branca espalhava-se pelo largo peito, e o crânio luzidio lançava raios de luz como a fronte de Moisés. Os olhos tinham o olhar da águia; o sorriso da criança brilhava-lhe nas faces redondas. Levantou, para abençoar o seu povo, os braços fatigados por um século de trabalhos inauditos, e a voz lançou os seus derradeiros brilhos nesta palavra de amor.

— Como os teus pavilhões são belos, ó Jacob! Como as tuas tendas são amáveis, Israel!

Imediatamente de uma extremidade à outra da muralha animada, ressoou como um bramido harmonioso da tempestade o salmo:

Feliz o homem que é temente ao Senhor.

Entretanto, acompanhado de Macário e de Amatas, Antônio percorria as fileiras dos anciãos, dos anacoretas e dos cenobitas. Vendo isto, quem tinha visto o céu e o inferno, o solitário que, do cavado de um rochedo, tinha governado a Igreja Cristã, este santo que tinha sustentado a fé dos mártires nos dias de suprema prova, este doutor, cuja eloqüência tinha caído como o raio sobre a heresia, falava ternamente a cada um dos seus filhos e dava-lhes adeuses familiares, nas véspera da sua morte bem-aventurada, que Deus, que o amava, lhe tinha enfim prometido.

Dizia aos abades Efrem e Serapião:

— Vós mandais em numerosos exércitos e sois ambos ilustres estratégicos. Também sereis revestidos no céu com uma armadura de ouro e arcanjo Miguel vos dará o título de quiliarcas das suas milícias.

Avistando o velho Palemon, abraçou-o e disse:

— Eis o mais meigo e melhor de meus filhos. A sua alma esparze um perfume tão suave como a flor das favas, que ele todos os anos semeia.

Ao abade Zózime falou desta sorte:

— Tu não desesperaste da bondade divina, é porque a paz do Senhor está contigo. Os lírios das tuas virtudes floresceram no fumeiro da tua corrupção.

A todos dizia coisas a propósito de uma infalível sabedoria.

Aos anciãos dizia:

— O apóstolo viu em redor do trono de Deus, vinte e quatro velhos sentados, vestidos com brancas vestes e com as cabeças coroadas.

Aos mancebos:

— Estai contentes; deixai a tristeza para os felizes deste mundo.

Foi assim que, percorrendo a frente de seu exército filial semeava exortações. Panuce, ao vê-lo aproximar-se, caiu de joelhos, angustiado entre o temor e a esperança.

— Meu pai, meu pai, gritou ele na sua angústia, meu pai! Vem em meu socorro, porque eu morro. Dei a Deus a alma e Taís, habitei o cimo de uma coluna e o quarto de um sepulcro. A minha fronte, sem cessar prosternada, se tornou calosa como o joelho de um camelo. E no entanto Deus, deixou-me. Abençoa-me, meu pai, e estarei salvo; esparze-me com o hissope, ficarei lavado e brilharei como a neve.

Antônio não respondia. Perscrutava nos olhos do abade de Antinoé, com esse olhar de que ninguém podia suportar o brilho. Tendo detido a vista sobre Paulo, a quem chamavam o Simples, considerou-o durante algum tempo e fez-lhe sinal de se aproximar. Como todos se pasmassem de que o santo se dirigisse a um homem sem senso comum, Antônio disse:

— Deus concedeu a este mais graças, do que a nenhum de vós. Levanta os teus olhos, meu filho Paulo, e diz-me o que tu vês no céu.

Paulo o Simples levantou os olhos; o seu rosto resplandescia e a sua língua desligou-se:

— Eu vejo no céu, diz ele, um leito ornado de colchas de púrpura e de ouro. Em redor, três virgens fazem uma guarda vigilante afim de que nenhuma alma se aproxime, senão a eleita para quem o leito é destinado.

Crendo que este leito, era o símbolo da sua glorificação, Panuce rendia graças a Deus. Mas Antônio fez-lhe sinal que se calasse e escutasse o Simples que murmurava no êxtase:

— A três virgens falam-me; dizem-me: "Uma santa está prestes a deixar a terra: Taís de Alexandria vai morrer. E nós fizemos este leito da sua glória, porque nós somos as suas virtudes: A Fé, o Temor e o Amor."

Antônio perguntou:

— Meigo filho, que vês tu ainda?

Paulo passeou em vão os seus olhares de Zênite para o Nadir, do poente para o nascente, quando de repente os seus olhos encontraram o abade de Antinoé. Um santo espanto empalideceu o seu rosto e as suas pupilas refletiram chamas invisíveis.

— Eu vejo, murmurou ele, três demônios que, cheios de alegria, se preparam para agarrar este homem. Assemelham-se a uma torre, a uma mulher e a um mago. Todos três trazem o seu nome marcado a ferro ao rubro; o primeiro na fronte, o segundo no ventre e o terceiro no peito, e estes nomes são: Orgulho, Luxúria e Dúvida.

É o que vejo.

Tendo assim falado, Paulo, com os olhos muito abertos, a boca pendente, entrou na sua simplicidade.

E como os monges de Antinoé olhavam Antônio com inquietação, o santo pronunciou somente estas palavras:

— Deus fez conhecer o seu julgamento eqüitativo. Nós devemos adorá-lo e calarmo-nos.

Passou adiante. Ia abençoando. O sol descendo no horizonte, envolvia-o numa glória, e a sua sombra, desmesuradamente engrandecida por um favor do céu, desenrolava-se atrás dele como um tapete sem fim, em sinal da grande lembrança que este grande santo devia deixar aos homens.

Em pé como fulminado, Panuce não via, nada mais ouvia. Esta palavra única lhe enchia os ouvidos: "Taís vai morrer!" Um tal pensamento nunca lhe tinha vindo à idéia. Durante vinte anos tinha contemplado uma cabeça de múmia e eis que a idéia da morte apagaria os olhos de Taís o espantava terrível e desesperadamente.

"Taís vai morrer!" Palavra incompreensível. "Taís vai morrer!" Nestas três palavras, que sentido terrível e novo! "Taís vai morrer!" Então para que servem o sol as flores e os regatos e toda a criação? "Taís vai morrer!" Para que serve o Universo? De repente deu um salto. "Revê-la, vê-la ainda!" Pôs-se a correr. Não sabia onde estava nem para onde ia, mas o instinto conduzia-o com uma certeza completa; caminhava direito ao Nilo. Um enxame de velas cobria as altas águas do rio. Saltou numa embarcação montada por núbios e aí, deitado na proa com os olhos devorando o espaço, gritou de dor e de raiva:

— Louco! Louco, que eu fui de não ter possuído Taís quando era tempo ainda! Louco por ter acreditado que havia no mundo outra coisa além dela! Ó demência.

— Pensei em Deus, na salvação da minha alma, na vida eterna, como se tudo isso valesse alguma coisa depois de se ter visto Taís. Como é que eu não senti que a eternidade bem-aventurada estava somente nos beijos desta mulher, que sem ela a vida não tem sentido e não é senão um mau sonho? Oh! estúpido! Tu a viste e desejaste-lhe os bens do outro mundo. Oh! cobarde! Tu a viste e temeste Deus. Deus! O céu! O que é isso? E que te ofereceram eles que valha a mais pequena parcela do que ela te tivesse dado? Ó lamentável insensato, que procuravas a bondade divina noutra parte sem ser nos lábios de Taís? Qual era a mão que te vendava os olhos? Maldito seja aquele que te cegava então! Tu poderias ter comprado pelo preço da danação um momento do seu amor e tu não o fizeste! Ela abria-te os seus braços amassados de carne e do perfume das flores e tu não te abismaste nos seus encantos indizíveis do seu seio desnudado! Tu escutaste a voz ciumenta que te dizia: "Abstém-te."

Ludíbrio! Ludíbrio! Triste ludíbrio! Oh! Como eu sinto. Oh! remosos! Oh! desespero. Não tem a alegria de levar para o inferno a memória da hora inolvidável e de gritar a Deus: "Queima a minha carne, seca todo o sangue das minhas veias, faz estalar os meus ossos, mas não me tirarás a lembrança que me perfuma e me refresca para os séculos dos séculos!... Taís vai morrer! Deus ridículo! Se tu soubesses como eu zombo do teu inferno! Taís vai morrer e ela nunca me pertencerá, nunca! Nunca!

E enquanto a barca seguia a corrente rápida, ficava dias inteiros deitado sobre o ventre, repetindo:

— Nunca! nunca! nunca!

Depois, com a idéia de que ela se tinha dado e que ele não tinha tido, que tinha espalhado pelo mundo ondas de amor e que ele não tinha nem sequer molhado os lábios, punha-se de pé, feroz e gritava de dor. Rasgava o peito com as unhas e mordia a carne dos braços. Pensava:

— Se eu pudesse matar todos aqueles que ela amou.

A idéia destes crimes enchia-o de um furor delicioso. Meditava em sufocar Nícias, lentamente, a espiá-lo, olhando-o, até ao fundo dos olhos. Depois o seu furor caía de repente. Chorava, soluçava. Tornava-se fraco e meigo. Uma ternura desconhecida amolecia-lhe a alma. Tinha vontade de se lançar ao pescoço do companheiro da sua infância e dizer-lhe: "Nícias, eu amo-te, visto que tu a amaste. Fala-me dela! Diz-me o que ela te dizia."

E sem cessar o ferro desta palavra lhe dilacerava o coração: "Taís vai morrer!"

— Luz do dia! Sombras argentinas da noite, astros, céus, árvores de copas trêmulas, almas ansiosas dos homens, animais selvagens, animais domésticos, não ouvis? "Taís vai morrer!" Luzes, aragens e perfumes desaparecei. Apagai-vos, formas e pensamentos do Universo! "Taís vai morrer!..." Ela era a beleza do mundo e tudo o que dela se aproximava, se ornava com reflexos da sua graça. Este velho e estes sábios sentados perto dela, no banquete de Alexandria, como eram amáveis! Como a sua palavra era harmoniosa! O enxame das risonhas aparências voltejava sobre os seus lábios e a volúpia perfumava todos os seus pensamentos.

E porque o hálito de Taís estava sobre eles, tudo o que diziam, era, amor, beleza e verdade. A impiedade encantadora emprestava a sua graça aos seus discursos. Exprimiam facilmente o esplendor humano! Oh! e tudo isso não era senão um sonho. Taís vai morrer! Oh! como naturalmente, eu morrerei com a sua morte!

Mas podes tu, somente, morrer, embrião seco, feto macerado no fel e em choros áridos? Aborto miserável, pensas tu, provar a morte, tu que não conheceste a vida? Que Deus exista e que me dane! Eu o espero, eu o quero, Deus que odeio, ouves-me. Mergulha-me na danação. Para te obrigar, te escarro na face! É preciso que ache um inferno eterno, a fim de aí exalar a eternidade da raiva que está em mim.

Desde a aurora, Albina tinha recebido o Abade de Antinoé no solar das células.

— Tu és bem vindo aos nossos tabernáculos da paz, venerável pai, porque sem dúvida vens abençoar a santa que nos tinhas dado. Sabes que Deus, na sua clemência a chama para si; e como é que tu não saberias uma nova que os anjos anunciaram de deserto em deserto? Os trabalhos estão cumpridos, e devo pôr-te ao corrente em poucas palavras da conduta que ela teve entre nós. Depois da tua partida, como estava encerrada na sua cela marcada com o teu selo, enviei-lhe com o seu alimento, uma flauta semelhante às que servem para tocar nos festins as raparigas da sua profissão. O que eu fiz, foi para que não caísse na melancolia e para que não tivesse menos talento e menos graça diante Deus, do que tinha mostrado à vista dos homens. Não agi sem prudência; porque Taís celebrava todos os dias na flauta os louvores do Senhor e as virgens que eram atraídas pelos sons desta flauta invisível diziam: "Ouvimos o rouxinol dos arvoredos celestes, o cisne moribundo de Jesus crucificado. Ela imitava Ester, Débora, Judite, Maria, irmã de Lázaro, e Maria Mãe de Jesus. Sei, venerável pai, que a tua austeridade se alarma com a idéia destes espetáculos. Mas tu próprio, serias comovido, se a tivesses visto nestas piedosas cenas, derramar lágrimas verdadeiras e estender para o céu os braços como palmas.

Como durante a sua doença ela pede sem cessar para ver o céu, eu mando-a guiar todas as manhãs para o pátio, perto do poço, debaixo da antiga figueira, à sombra da qual as abadessas deste convento têm por costume fazer as suas assembléias; tu aí a encontrarás, pai venerável; mas apressa-te, porque Deus a chama e esta noite um sudário cobrirá este rosto que Deus fez para o escândalo e para a edificação do mundo.

Panuce seguiu Albina no pátio inundado de luz matinal. Ao longo dos tetos de telhas, pombas formavam uma fila de pérolas. Sobre um leito, à sombra da figueira, Taís repousava toda branca, com os braços em cruz. Em pé ao seu lado, mulheres veladas recitavam as orações da agonia.

— *Tende piedade de mim, meu Deus, segundo a tua grande mansidão e apaga a minha iniqüidade segundo a multidão das tuas misericórdias!*

Ele chamou-a:

— Taís!

Ela levantou as pálpebras e voltou para o lado de onde vinham as vozes os glóbulos brancos dos seus olhos.

Albina fez sinal às mulheres veladas para se afastarem alguns passos.

— Taís, repetiu o monge.

Ela levantou a cabeça; um ligeiro suspiro saiu dos seus lábios brancos:

— És tu, meu pai?... Lembraste da água da fonte e das tâmaras que colhemos?... Nesse dia, meu pai, eu nasci, para o amor... para a vida.

Calou-se e deixou pender a cabeça.

A morte estava sobre ela e o suor da agonia coroava-lhe a fronte. Rompendo o silêncio augusto, uma toutinegra fez ouvir a sua voz lastimosa. Depois os soluços do monge misturaram-se com a salmodia das virgens.

— *Lava-me das manchas e purifica os meus pecados. Porque conheço a minha injustiça e o meu crime se levanta sem cessar contra mim.*

De repente Taís, levantou-se no leito. Os seus olhos de violeta abriram-se muito; e, os olhares velados, com os braços estendidos para as colinas longínquas, disse com uma voz límpida e fresca:

"Eis as rosas da eterna manhã!"

Os seus olhos brilhavam; um leve ardor coloria as fontes. Revivia mais suave e mais bela do que nunca. Panuce ajoelhado, a enlaçava com os seus negros braços:

— Não morras, gritava ele com uma voz estranha que se não reconhecia mesmo. Eu amo-te, não morras. Escuta, minha Taís. Eu enganei-te, eu não era mais do que um miserável louco. Deus, o céu, tudo isso nada é. Nada há de verdade senão a vida na terra e o amor dos seres. Amo-te! Não morras; seria impossível, tu és muito preciosa. Vem, vem comigo. Fujamos; levar-te-ei bem longe nos meus braços. Vem, amemo-nos. Ouve-me pois, oh! minha bem-amada, e diz: "Eu viverei, quero viver!" Taís, Taís, levanta-te!

Ela não o ouvia. As suas pupilas nadavam no infinito.

Ela murmurou:

— O céu se abre. Vejo os anjos, os profetas e os santos... O bom Teodoro está com eles, com as mãos cheias de flores; sorri-me e chama-me... Dois serafins vêm para mim. Aproximam-se... Como são belos!... Vejo Deus.

Deu um suspiro de alegria e deixou cair de novo a cabeça inerte sobre o travesseiro. Taís estava morta. Panuce, num abraço desesperado, devorava-a de desejo, de raiva e de amor.

Albina gritou-lhe:

— Vai-te, maldito!

E pousou docemente os dedos nas pálpebras da morta. Panuce recuou cambaleando; os seus olhos ardentes de chamas e sentindo a terra se abrir debaixo dos pés.

As virgens entoavam o canto de Zacarias:

— *Bendito seja o Senhor, o Deus de Israel.*

Bruscamente a voz parou-lhes na garganta. Tinham visto a face do monge e fugiam de espanto gritando:

— Um vampiro! Um vampiro!

O monge tinha-se tornado tão horrendo que ao passar a mão pelo rosto, sentiu a sua própria fealdade.

A presente edição de TAÍS de Anatole France é o Volume de número 19 da Coleção Excelsior. Capa Cláudio Martins. Impresso na Sografe Editora e Gráfica Ltda., à rua Alcobaça, 745 - Belo Horizonte, para a Editora Itatiaia, à Rua São Geraldo, 67 - Belo Horizonte - MG. No catálogo geral leva o número 01124/4B. ISBN-85-319-0740-3.